ENJOY
READING

享受阅读

梁晓声

◎ 著

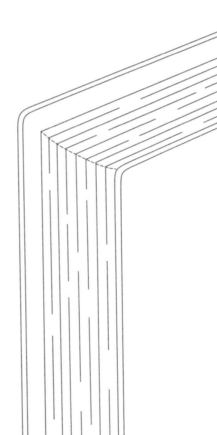

深圳出版社

目录

享受阅读

读书与人生

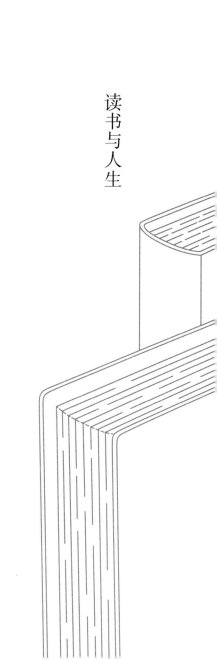

我的父母·我的小学·我的中学

我的父母

1949 年 9 月 22 日，我出生在哈尔滨市安平街一个人家众多的大院里，我的家是一间半低矮的苏式房屋。邻院是苏联侨民的教堂，经常举行各种宗教仪式，我从小就听惯了教堂的钟声。

父亲目不识丁，祖父也目不识丁。原籍为山东省荣成温泉寨村。上溯十八代乃至二十八代、三十八代，尽是文盲，尽是穷苦农民。

父亲十几岁时，因生活所迫，随村人"闯关东"来到了哈尔滨。

他是我们家族史上的第一个工人——建筑工人。他改变了我们这一梁姓家族的成分。我在小说《父亲》中，用两万余纪实性的文字，为他这一个中国的农民出身的"工人阶级"立了一篇小传。从转折的意义讲，他是我们家族史上的一座丰碑。

父亲对我走上文学道路从未施加过任何有益的影响，不仅因为他是文盲，也因为从1956年起，我7岁的时候，他便离开哈尔滨市建设大西北去了。从此每隔两三年他才回家与我们团聚一次，我下乡以后，与父亲团聚一次更不易了。在我的记忆中，父亲是反对我们几个孩子看"闲书"的。见我们捧着一本什么小说看，他就生气。看"闲书"是他这位父亲无法忍受的"坏毛病"。父亲常因母亲给我们钱买"闲书"而对母亲大发其火。家里穷，父亲一个人挣钱养家糊口，也真难为他。每一分钱都是他用汗水换来的。父亲的工资仅够勉强维持一个市民家庭最低水平的生活。

母亲也是文盲。外祖父读过几年私塾，是东北某农村解放前农民称为"识文断字"的人，故而同是文盲，母亲与父亲不大一样。父亲是个崇尚力气的文盲，母亲是个崇尚文化的文盲。崇尚相左，对我们几个孩子寄托的希望也便截然对立。父亲希望我们将来都能靠力气吃饭，母亲希望我们将来都能成为靠文化自立于社会的人。父亲的教育方式是严厉的训斥和惩罚，父亲是将"过日子"的每一样大大小小的东西都看得很贵重的。母亲的教育方式堪称真正的教育，她注重人格、品德、礼貌和学习方面。值得庆幸的是，父亲常年在大西北，我们从小接受的是母亲的教育。母亲的教育至今仍对我为人处世深有影响。

母亲从外祖父那里知道许多书中的人物和故事，而且听过一些旧戏，乐于将书中或戏中的人物和故事讲给我们听。母亲年轻时记忆强，什么戏剧什么故事，只要听过一遍，就能详细记住。有些戏中的台词唱段，几乎能只字不差地复述。母亲善于讲故事，讲时带有很浓的个人感情色彩。我从五六岁开始，就从母亲口中听到过"包公传""济公传""杨家将""岳家将""侠女十三妹"的故事。母亲是个很善良的女人，善良的女人大多喜欢悲剧。母亲尤其愿意、尤其善于讲悲剧故事，"秦香莲""风波亭""杨继业碰碑""赵氏孤儿""陈州放粮""王宝钏困守寒窑""三勘蝴蝶梦""钓金龟""牛郎织女""天仙配""水漫金山寺""劈山救母""杜十娘怒沉百宝箱"……母亲边讲边落泪，我们边听边落泪。

我于今在创作中追求悲剧情节、悲剧色彩，不能自已地在字里行间流溢浓重的主观感情色彩，可能正是小时候听母亲带着她浓重的主观感情色彩讲了许多悲剧故事的结果。我认为，文学对于一个作家儿童时代的心灵所形成的直接或间接的影响，对一个作家在某一时期或某一阶段的创作风格起着"先天"的、潜意识的作用。

母亲在我们小时候给我们讲故事，当然绝非想要把我们都培养成为作家；而仅靠听故事，一个儿童也不可能直接走上文学道路。

我们所住的那个大院，人家多，孩子也多。我们穷，因为穷而在那个大院中受着种种歧视。父亲远在大西北，因为家中没有一个男人而受着种种欺辱。我们是那个市民大院中的人下人。母亲用故事将我们吸引在而不是囚禁在家中，免得我们在大院里受欺辱或惹是生非，同时用故事排遣她自己内心深处的种种愁苦。

这样的情形至今仍常常浮现在我眼前：电灯垂得很低，母亲一边在灯下给我们缝补衣服，一边用凄婉的语调讲着她那些凄婉的故事。我们几个孩子，趴在被窝里，露出脑袋，瞪大眼睛凝神谛听，讲到可悲处，母亲与我们唏嘘一片。

如果谁认为一个人没有导师就不可能走上文学道路的话，那么我的回答是——我的第一位导师，是母亲。我始终认为这是我的幸运。

如果我认为我的母亲是我文学上的第一位导师不过分，那么也可以说我的这位小学语文老师是我文学上的第二位导师。假若在我的生活中没有过她们，我今天也许不会成为作家。

我的小学

我永远忘不了这样一件事：某年冬天，市里要来一个卫生检查团到我们学校检查卫生，班主任老师吩咐两名同学把守在教室门外，个人卫生不合格的学生，不准进入教室。我是不许进入教室的几个学生之一。我和两名把守在教室门外的学生吵了起来，结果他们从教员室请来了班主任老师。

班主任老师上下打量着我，冷起脸问："你为什么今天还要穿这么脏的衣服来上学？"

我说："我的衣服昨天刚刚洗过。"

"洗过了还这么脏？"老师指点着我衣襟上的污迹。

我说："那是油点子，洗不掉的。"

老师生气了："回家去换一件衣服。"

我说："我就这一件上学穿的衣服。"

我说的是实话。

老师认为我顶撞了她，更加生气了，又看我的双手，说："回家叫你妈把你两手的皴用砖头蹭干净了再来上学！"接着像扒乱草堆一样乱扒我的头发，"瞧你这满头虮子，像撒了一脑袋大米！叫人恶心！回家去吧！这几天别来上学了，检查过后再来上学！"

我的双手，上学前用肥皂反复洗过，用砖头蹭也未必能蹭干净。而手的生皴，不是我所愿意的。我每天要洗菜，淘米，刷锅，刷碗。家里的破屋子四处透风，连水缸在屋内都结冰，我的手上怎么不生皴？不卫生是很羞耻的，这我也懂，但卫生需要起码的"为了活着"的条件，这一点我的班主任老师便不懂了。阴暗的，夏天潮湿冬天寒冷的，像地窖一样的一间小屋，破炕上每晚拥挤着大小五口人，四壁和天棚每天起码要掉下三斤土，炉子每天起码要向狭窄的空间飞扬四两灰尘……母亲每天早起晚归去干临时工，根本没有精力照料我们几个孩子，如果我的衣服居然还干干净净，手上没皴头上没有虮子，那倒真是咄咄怪事了！我当时没看过《西行漫记》，否则一定会顶撞一句："毛主席当年在延安住窑洞时还当着斯诺的面捉虱子呢！"

我认为，对于身为教师者，最不应该的，便是以贫富来区别对待学生。我的班主任老师嫌贫爱富。我的同学中的区长、公社书记、工厂厂长、医院院长们的儿女，他们都并非品学兼优的好学生，有的甚至经常上课吃零食、打架，班主任老师却从未严肃地批评过他们一次。

对班主任老师尖酸刻薄的训斥，我只有含侮忍辱而已。

我两眼涌出泪水，转身就走。

这一幕却被语文老师看到了。

她说："梁绍生，你别走，跟我来。"扯住我的一只手，将我带到教员室。她让我放下书包，坐在一把椅子上，又说："你的头发也够长了，该理一理了，我给你理吧！"说着就离开了办公室。学校后勤科有一套理发工具，是专为男教师们互相理发用的。我知道她准是取那套理发工具去了。

可是我心里却不想再继续上学了。因为穷，太穷，我在学校里感到一点尊严也没有。而一个孩子需要尊严，正像需要母爱一样。我是全班唯一的一个免费生。免费对一个小学生来说是精神上的压力和心理上的负担。"你是免费生，你对得起党吗？"哪怕无意识地犯了算不得什么错误的错误，我也会遭到班主任老师这一类冷言冷语的训斥。我早听够了！

语文老师走出教员室，我便拿起书包逃离了学校。我一直跑出校园，跑着回家。"梁绍生，你别跑，别跑呀！小心被汽车撞了呀！"我听到了语文老师的呼喊。她追出了校园，在人行道上跑着追我。我还是跑，她紧追。"梁绍生，你别跑了，你要把老师累坏呀！"我终于不忍心地站住了。她跑到我跟前，已气喘吁吁。她说："你不想上学啦？"我说："是的。"她说："你才小学四年级，学这点文化将来够干什么用？"我说："我宁肯和我爸爸一样将来靠力气吃饭，也不在学校里忍受委屈了！"她说："你这种想法是错误的。小学四年级的文化，将来也当不了一个好工人！"我说："那我就当一个不好的工人！"她说："那你将来就会恨你的母校，恨母校所有的老师，尤其会恨我。因为我没能规劝你继续上学！"我说："我不会恨您的。"她说："那我自己也不会原谅我自己！"我满心间自卑、委屈、羞耻和不平，"哇"的一声哭了。她抚摸着我的头，低声说："别哭，跟老师回学校吧，啊？我知道你们家里生活很穷困，这不是你的过错，没有什么值得自卑和羞耻的。你要使同学们看得起你，每一位老师都喜爱你，今后就得努力学习才是啊！"

我只好顺从地跟她回到了学校。

如今想起这件事，我仍觉后怕。没有我这位小学语文老师，依着我从父亲的秉性中继承下来的那种九头牛拉不动的倔犟劲儿，很可能连我母亲也奈何不得我，当真从小学四年级就弃学了。那么今天我既不可能成为作家，也必然像我的那位小学语文老师说的那样——当不了一个好工人。

一位会讲故事的母亲和从小的穷困生活，是造就我这样一个作家的先决因素。狄更斯说过：穷困对于一般人是种不幸，但对于作家也许是种幸运。的确，对我来说，穷困并不仅仅意味着童年生活的不遂人愿。它促使我早熟，促使我从童年起就怀疑生活，思考生活，认识生活，介入生活。虽然我曾千百次地诅咒过穷困，因穷困感到过极大的自卑和羞耻。

我发现自己也具有讲故事的"才能"，是在小学二年级。认识字了，语文课本成了我最早阅读的书籍，新课本发下来未过多久，我就先自通读一遍了。当时课文中的生字，标有拼音，读起来并不难。

一天，我坐在教室外的楼梯台阶上正聚精会神地看语文课本，教语文课的女老师走上楼，好奇地问："你在看什么书？"我立刻站起，规规矩矩地回答："语文课本。"老师又问："哪一课？"我说："下堂您要讲的新课——《小山羊看家》。""这篇课文你觉得有意思吗？""有意思。""看过几遍了？""两遍。""能讲下来吗？"我犹豫了一下，回答："能。"上课后，老师把我叫起，对同学们说："这一堂讲第六课——《小山羊看家》。下面请梁绍生同学先把这一篇课文讲述给我们听。"

我的名字本叫梁绍生，梁晓声是我在"文革"中自己改的名字。"文革"中兴起过一阵改名的时髦风，我在一张辞去班级"勤务员"职务的声明中首次署了现在的名字——梁晓声。

我被老师叫起后，开始有些发慌，半天不敢开口。老师鼓励我："别紧张，能讲述到哪里，就讲述到哪里。"我在老师的鼓励下，终于开口讲了："山羊妈妈有四个孩子，一天，山羊妈妈要离开家……"

当我讲完后，老师说："你讲得很好，坐下吧！"看得出，老师心里很高兴。

全班同学都很惊异，对我十分羡慕。

一个穷困人家的孩子，他没有任何值得自我炫耀的地方，当他的某一方面"才能"当众得以显示，并且被羡慕，并且受到夸奖，他心里自然充满骄傲。

　　以后，语文老师每讲新课，总是提前几天告诉我，嘱我认真阅读，到讲那一堂新课时，照例先把我叫起，让我首先讲述给同学们听。

　　我们的语文老师，是一位主张教学方法灵活的老师。她需要我这样一名学生，喜爱我这样一名学生。我的存在，使她在我们这个班讲的语文课生动活泼了许多。而我也同样需要这样一位老师，因为是她给予了我在全班同学面前显示自己讲故事"才能"的机会。而这样的机会当时对我是重要的，使我幼小的意识中也有一种骄傲存在着，满足着我匮乏的虚荣心。后来，老师的这一语文教学方法，在全校推广了开来，引起区和市教育局领导同志的兴趣，先后到我们班听课。从小学二年级至小学六年级，我和我的语文老师一直配合得很默契。她喜爱我，我尊敬她。小学毕业后，我还回母校看望过她几次。"文革"开始，她因是市的教育标兵，受到了批斗。记得有一次我回母校去看她，她刚刚被批斗完，握着扫帚扫校园，被剃了"鬼头"，脸上的墨迹也不许她洗去。

　　我见她那样子，很难过，流泪了。

　　她问："梁绍生，你还认为我是一个好老师吗？"

我回答："是的，您在我心中永远是一位好老师。"

她惨然地苦笑了，说："有你这样一个学生，有你这样一句话，我挨批挨斗也心甘情愿了！走吧，以后别再来看老师了，记住老师曾多么喜爱你就行！"

那是最后一次见到她。

不久，她跳楼自杀了。

她不但是我的小学语文老师，还是我小学母校的少先队辅导员老师。她在同学们中组织起了全市小学校的第一个"故事小组"和第一个"小记者委员会"。我小学时不是个好学生，经常逃学，不参加校外学习小组，除了语文成绩较好，算术、音乐、体育都仅是个"中等"生，直到五年级才入队。还是在我这位语文老师的多次力争下有幸戴上了红领巾，也是在我这位语文老师的力争下才成为"故事小组"和"小记者委员会"的成员。对此我的班主任老师很有意见，认为她所偏爱的是一个坏学生。我逃学并非因为我不爱学习。那时母亲天不亮就上班去了，哥哥已上中学，是校团委副书记兼学生会主席，也跟母亲一样，早晨离家，晚上才归，全日制，就苦了我。家里还有两个弟弟一个妹妹，我得给他们做饭吃，收拾屋子和担水，他们还常常哭着哀求我在家陪他们。将六岁、四岁、二岁的小弟小妹撇在家里，我常常于心不忍，便逃学，不参加校外学习小组。班主任老师从来也没有到我家进行过家访，因而不体谅我也就情有可原,认为我是一个坏学生更理所当然。班主任老师不喜欢我,还因为穿在我身上的衣服一向很不体面,不是过于肥大就是过于短小,不仅破,而且脏,衣襟几乎天天带着锅底灰和做饭时弄上的油污。在小学没有一个和我要好的同学。

语文老师是我小学时期在学校里的唯一的一个朋友。我至今不忘她,永远都难忘。不仅因为她是我小学时期唯一关心过我喜爱过我的一位老师,不仅因为她给予了我唯一的树立起自豪感的机会和方式,还因她将我向文学的道路上推进了一步——由听故事到讲故事。语文老师牵着我的手,重新把我带回了学校,重新带到教员室,让我重新坐在那把椅子上,开始给我理发。语文教员室里的几位老师百思不得其解地望着她。一位男老师对她说:"你何苦呢?你又不是他的班主任。曲老师因为这个学生都对你有意见了,你一点不知道?"她笑笑,什么也未回答。她一会儿用剪刀剪,一会儿用推子推,将我的头发剪剪推推摆弄了半天,总算"大功告成"。她歉意地说:"老师没理过发,手太笨,使不好推子也使不好剪刀,大冬天的给你理了个小平头,你可别生老师的气呀!"

教员室没面镜子。我用手一摸,平倒是很平,头发却短得不能再短了。哪里是"小平头",分明是被剃了一个不彻底的秃头。虮子肯定不存在了,我的自尊心也被剪掉剃平。

我并未生她的气。随后她又拿起她的脸盆,领我到锅炉房，接了半盆冷水再接半盆热水，兑成一盆温水，给我洗头，洗了三遍。只有母亲才如此认真地给我洗过头。我的眼泪一滴滴落在脸盆里。她给我洗好头，再次把我领回教员室，脱下自己的毛坎肩，套在我身上，遮住了我衣服前襟那片无法洗掉的污迹。她身材娇小，毛坎肩是绿色的，套在我身上尽管不伦不类，却并不显得肥大。教员室里的另外几位老师，瞅着我和她，一个个摇头不止，忍俊不禁。她说："走吧，现在我可以送你回到你们班级去了！"她带我走进我们班级的教室后，同学们顿时哄笑起来。大冬天的，我竟剃了个秃头，棉衣外还罩了件绿坎肩，模样肯定是太古怪太滑稽了！

她生气了，严厉地喝问我的同学们："你们笑什么？有什么可笑的？哄笑一个同学迫不得已的做法是可耻的行为！如果我是你们的班主任，谁再敢哄笑我就把谁赶出教室！"

这话她一定是随口而出的，绝不会有任何针对我的班主任老师的意思。我看到班主任老师的脸一下子拉长。班主任老师也对同学们呵斥："不许笑！这又不是耍猴！"班主任老师的话，更加使我感到被当众侮辱，而且我听出来了，班主任老师的话中，分明包含着针对语文老师的不满成分。语文老师听没听出来，我无法知道。我未看出她脸上的表情有什么变化。她对班主任老师说："曲老师，就让梁绍生上课吧！"班主任老师拖长语调回答："你对他这么尽心尽意，我还有什么话可说？"市教育局卫生检查团到我们班检查卫生时，没因为我们班有我这样一个剃了秃头，棉袄外套件绿色毛坎肩的学生而贴在我们教室门上一面黄旗或黑旗。他们只是觉得我滑稽古怪，惹他们发笑而已……

从那时起直至我小学毕业，我们班主任老师和语文老师的关系一直不融洽。我知道这一点，我们班级的所有同学也都知道这一点，而这一点似乎完全是由于我这个学生导致的。几年来，我在一位关心我的老师和一位讨厌我的老师之间，处处谨小慎微，循规蹈矩，力不胜任地扮演一架天平上的小砝码的角色。扮演这种角色，对于一个小学生的心理，无异于扭曲，对我以后的性格形成不良影响，使我如今不可救药地成了一个忧郁型的人。

我心中暗暗铭记语文老师对我的教诲，学习努力起来，成绩渐好。

班主任老师却不知为什么对我愈发冷漠无情了。

四年级上学期期末考试，我的语文和算术破天荒地拿了"双百"，而且《中国少年报》选登了我的一篇作文，市广播电台《红领巾》节目也广播了我的一篇作文，还有一篇作文用油墨抄写在儿童电影院的宣传栏上。同学对我刮目相待了，许多老师也对我和蔼可亲了。

校长在全校师生大会上表扬了我的语文老师，充分肯定了在我这个一度被视为坏学生的转变和进步过程中,她所付出的种种心血,号召全校老师像她那样对每一个学生树立起高度的责任感。

受到表扬有时对一个人不是好事。

在她没有受到校长的表扬之前,许多师生公认,我的"转变和进步",与她对我的教育是分不开的。而在她受到校长的表扬之后,某些老师竟认为她是一个"机会主义者"了。"文革"期间,有一张攻击她的大字报,赫赫醒目的标题即是——"看机会主义者 × × 是怎样在教育战线进行投机和沽名钓誉的!"

而我们班的几乎所有同学,都不知掌握了什么证据,断定我那三篇给自己带来荣誉的作文,是语文老师替我写的。于是流言传播,闹得全校沸沸扬扬。

四年级二班的梁绍生,

是个逃学精。

老师替他写作文,

《少年报》上登。

真该用屁崩!……

一些男同学,还编了这样的顺口溜,在我上学和放学的路上，包围着我讥骂。班主任老师目睹过我被凌辱的情形，没制止。

班主任老师对我冷漠无情到视而不见的地步。她教算术。在她讲课时，连扫也不扫我一眼了。她提问或者叫同学在黑板上解答算术题时，无论我将手举得多高，都无法引起她的注意。

一天，在她的课堂上，同学们做题，她坐在讲课桌前批改作业。教室里静悄悄的。"梁绍生！"她突然大声叫我的名字。我吓了一跳，立刻怯怯地站了起来。全体同学都停了笔。"到前边来！"班主任老师的语调中隐含着一股火气。我惴惴不安地走到讲桌前。"作业为什么没写完？""写完了。""当面撒谎！你明明没写完！""我写完了，中间空了一页。"我的作业本中夹着印废了的一页，破了许多小洞，我写作业时随手翻过去了，写完作业后却忘了扯下来。我低声下气地向她承认是我的过错。她不说什么，翻过那一页，下一页竟仍是空页。我万没想到我写作业时翻得匆忙，会连空两页。她拍了一下桌子："撒谎！撒谎！当面撒谎！你明明是没有完成作业！"我默默地翻过了第二页空页，作业本上展现出了我接着做完的作业。她的脸倏地红了："你为什么连空两页？！想要捉弄我一下是不是？！"

我垂下头，讷讷地回答："不是。"

她又拍了一下桌子："不是？！我看你就是这个用意！你别以为你现在是个出了名的学生了，还有一位在学校里红得发紫的老师护着你，托着你，拼命往高处抬举你，我就不敢批评你了！我是你的班主任，你的小学鉴定还得我写呢！"

　　我被彻底激怒了！我不能容忍任何人在我面前侮辱我的语文老师！我爱她！她是全校唯一使我感到亲近的人！我觉得她像我的母亲一样，我内心里是视她为我的第二个母亲的！

　　我突然抓起了讲课桌上的红墨水瓶。班主任以为我要打在她脸上，吃惊地远远躲开我，喝道："梁绍生，你要干什么？！"我并不想将墨水瓶打在她脸上，我只是想让她知道，我是一个人，在忍无可忍的情况下我是会愤怒的！我将墨水瓶使劲摔到墙上。墨水瓶粉碎了，雪白的教室墙壁上出现了一片"血"迹！我接着又将粉笔盒摔到了地上。一盒粉笔尽断，四处滚去。教室里长久的一阵鸦雀无声，直至下课铃响。那天放学后，我在学校大门外守候着语文老师回家。她走出学校时，我叫了她一声。她奇怪地问："你怎么不回家？在这里干什么？"我垂下头去，低声说："我要跟您走一段路。"她沉思地瞧了我片刻，一笑，说："好吧，我们一块儿走。"我们便默默地向前走。她忽然问："你有什么事要告诉我吧？"我说："老师，我想转学。"她站住，看着我，又问："为什么？"我说："我不喜欢我们班级！在我们班级我没有朋友，曲老师讨厌我！要不请求您把我调到您当班主任的四班吧！"我说着想哭。"那怎么行？不行！"她语气非常坚决，"以后你再也不许提这样的请求！"我也非常坚决地说："那我就只有转学了！"眼泪涌出了眼眶。

她说："我不许你转学。"我觉得她不理解我，心中很委屈，想跑掉。

她一把扯住我，说："别跑。你感到孤独是不是？老师也常常感到孤独啊！你的孤独是穷困带来的，老师的孤独……是另外的原因带来的。你转到其他学校也许照样会感到孤独的。我们一个孤独的老师和一个孤独的学生不是更应该在一所学校里吗？转学后你肯定会想念老师，老师也肯定会想念你的。孤独对一个人不见得是坏事……这一点你以后会明白的。再说你如果想有朋友，你就应该主动去接近同学们，而不应该对所有的同学都充满敌意，怀疑所有的同学心里都想欺负你……"

我的小学语文老师已成泉下之人近20年了。我只有在这篇纪实性的文字中，表达我对她虔诚的怀念。

教育的社会使命之一，就是应首先在学校中扫除嫌贫谄富媚权的心态！

而嫌贫谄富，在我们这个国家，在我们这个国家的小学、中学乃至大学，在21世纪的今天，依然不乏其例。

因为我小学毕业后，接着进入了中学，而后又进入过大学，所以我有理由这么认为。

我诅咒这种现象！鄙视这种现象！

我的中学

我的中学时代是我真正开始接受文学作品熏陶的时代。比较起来，我中学以后所读的文学作品，还抵不上我从 1963 年至 1968 年下乡前这五年内所读过的文学作品多。

在小学五、六年级，我已读过了许多长篇小说。我读的第一本中国长篇小说是《战斗的青春》，读的第一本外国长篇小说是《钢铁是怎样炼成的》。

而在中学我开始知道了托尔斯泰、巴尔扎克、雨果、车尔尼雪夫斯基、陀斯妥耶夫斯基、高尔基等外国伟大作家的名字，并开始喜爱上了他们的作品。

我在我的短篇小说《这是一片神奇的土地》中有几处引用了希腊传说中的典故，某些评论家颇有异议，认为超出了一个中学生的阅读范围。我承认我在引用时，有自我炫耀的心理作怪。但说"超出"了一个中学生的阅读范围，证明这样的评论家根本不了解中学生，起码不了解 60 年代的中学生。

我的中学母校是哈尔滨市第二十九中学，一所普通的中学。在我的同学中,读长篇小说根本不是什么新鲜事。不分男女同学,大多数开始喜欢读长篇小说了。古今中外,凡是能弄到手的都读。一个同学借到或者买到一本好小说,首先会在几个亲密的同学之间传看。传看的圈子往往无法限制,有时扩大到几乎全班。

外国一位著名的作家和一位著名的评论家之间曾经有过下面的有趣而明智的谈话:

作家:最近我结识了一位很有天才的评论家。

评论家:最近我结识了一位很有天才的作家。

作家:他叫什么名字?

评论家:青年。你结识的那位有天才的评论家叫什么名字?

作家:他的名字也叫青年。

青年永远是文学的最真挚的朋友,中学时代正是人的崭新的青年时代。他们通过拥抱文学拥抱生活,他们是最容易被文学作品感动的最广大的读者群。今天我们如果进行一次有意义的社会调查,结果肯定也是如此。

我在中学时代能够读到不少真正的文学作品,还应当感激我的母亲。母亲那时已从铁路上被解雇下来,又在一个加工棉胶鞋鞋帮的条件低劣的小工厂参加工作,每月可挣三十几元钱贴补家庭生活。

我们渴望读书。只要是为了买书,母亲给我们钱时从未犹豫过。母亲没有钱,就向邻居借。

家中没有书架,也没有摆书架的地方。母亲为我们腾出一只旧木箱,我们买的书,包上书皮儿,看过后存放在箱子里。

最先获得买书特权的,是我的哥哥。

哥哥也酷爱文学。我对文学的兴趣,一方面是母亲以讲故事的方式不自觉地培养的结果,另一方面是受哥哥的熏染。

我之所以走上文学道路,哥哥起的作用,不亚于母亲和我的小学语文老师起的作用。

60年代的教学,比今天更体现对学生素养的普遍重视。哥哥高中读的已不是"语文"课本,而是"文学"课本。

哥哥的"文学"课本,便成了我常常阅读的"文学"书籍。有一次哥哥上"文学"课竟找不到课本了,因为我头一天晚上从哥哥的书包里翻出来看没有放回去。

一册高中生的"文学"课本,其文学内容之丰富,绝不比目前的一本什么文学刊物差,甚至要比目前的某些文学刊物的内容更丰富,水平更优秀。收入高中"文学"课本中的,大抵是古今中外优秀文学作品的章节。古今中外的诗歌、散文、小说、杂文,无所偏废。

"岳飞枪挑小梁王""鲁提辖拳打镇关西""杜十娘怒沉百宝箱"，鲁迅、郁达夫、茅盾、叶圣陶的小说，郭沫若的词，闻一多、拜伦、雪莱、裴多菲的诗，马克·吐温的小说，欧·亨利的小说，高尔基的小说……货真价实的一册综合性文学刊物。

那时的高中"文学"课多么好！

我相信，60年代的高中生可能有不愿上代数课的，有不愿上物理课、化学课、政治课的，但如果谁不愿上"文学"课则太难理解了！

我到北大荒后，曾当过小学老师和中学老师，教过"语文"。70年代的中小学"语文"课本，让我这样的老师根本不愿拿起来，远不如"扫盲运动"中的工农课本。

当年，哥哥读过的"文学"课本，我都一册册保存起来，成了我的首批"文学"藏书。哥哥还很舍不得将它们给予我呢！

哥哥无形中取代了母亲家庭"故事员"的角色。每天晚上，他做完功课，便捧起"文学"课本，为我们朗读，我们理解不了的，他就用心启发我们。

一个高中生朗读的"文学"，比起一位没有文化的母亲讲的故事当然更是文学的"享受"。某些我曾听母亲讲过的故事，如"牛郎织女""天仙配""白蛇传"，由哥哥照着课本一句句朗读给我们听，产生的感受也大不相同。从母亲口中，我是听不到哥哥从高中"文学"课本读出来的那些文学词句的。我从母亲那里获得的是"口头文学"的熏陶，我从哥哥那里获得的才是真正的文学的熏陶。

感激60年代的高中"文学"课本的编者们！

哥哥还经常从他的高中同学们手中将一些书借回家里来看。他和他的几名要好的男女同学还组成了一个"阅读小组"。哥哥的高中母校是哈尔滨一中，是重点学校。在他们这些重点学校的喜爱文学的高中生之间，阅读外国名著蔚然成风。他们那个"阅读小组"还有一张大家公用的哈尔滨图书馆的借书证。

哥哥每次借的书，我都请求他看完后迟还几天，让我也看完。哥哥一向满足我的愿望。

可以说我是从大量阅读外国作品开始真正接触文学的。我受哥哥的影响，非常崇拜苏俄文学，至今认为苏俄文学是世界上伟大的文学。当代苏联文学不但继承了俄罗斯文学传统，在借鉴西方现代派文学方面，也比我们捷足先登。当代苏联文学可以明显地看到现实主义和现代派文学的有机结合。苏联电影在这方面进行了更为成功的实践。

回顾我所走过的道路，连自己也能看出某些拙作受苏俄文学的潜移默化的影响，而在文字上则接近翻译体小说。后来才在创作实践中渐渐意识到自己中国民族文学语言的基本功很弱，才开始注重对中国小说的阅读，才开始在实践中补习中国传统小说这一课。

除了看自己借到的书，看哥哥借到的书，小人书铺也是我中学时代的"极乐园"。

那时我们家已从安平街搬到光仁街住了。像一般的家庭主妇们新搬到一地，首先关心附近有几家商店一样，我首先寻找的是附近有没有小人书铺。令我感到庆幸的是，那一带的小人书铺真不少。

从我们家搬到光仁街后到我下乡前，我几乎将那一带小人书铺中我认为好的小人书看遍了。

我看小人书，怀着这样的心理：自己阅读长篇小说时头脑中想象出来的人物是否和小人书上画出来的人物形象一致。二者接近，我便高兴。二者相差甚远，我则重新细读某部长篇小说，想要弄明个所以然。有些长篇小说，就是在这样的情况下读过两遍的。

谈到读长篇，我想到了《红旗谱》，我认为它是新中国成立以来中国最优秀的长篇小说。由《红旗谱》我又想起两件事。

我买《红旗谱》，只有向母亲要钱。为了要钱才去母亲做活的那个条件低劣的街道小工厂找母亲。

那个街道小工厂，200多平方米的四壁颓败的大屋子，低矮、阴暗，天棚倾斜，仿佛随时会塌下来。五六十个家庭妇女，一人坐在一台破旧的缝纫机旁，一双接一双不停歇地加工棉胶鞋鞋帮，到处堆着毡团。空间毡绒弥漫，所有女人都戴口罩。几扇窗子一半陷在地里，无法打开，空气不流通，闷得人头晕。耳畔脚踏缝纫机的声音响成一片，女工们彼此说话，不得不摘下口罩，扯开嗓子。话一说完，就赶快将口罩戴上。她们一个个紧张得不直腰，不抬头，热得汗流浃背。

有几个身体肥胖的女人，竟只穿着件男人的背心。我站在门口，用目光四处寻找母亲，却认不出在这些女人中，哪一个是我的母亲。

负责给女工们递送毡团的老头问我找谁，我向他说出了母亲的名字。

我这才发现，最里边的角落，有一个瘦小的身躯，背对着我，像800度的近视眼写字一样，头低垂向缝纫机，正做活。

我走过去，轻轻叫了一声："妈……"

母亲没听见。

我又叫了一声。

母亲仍未听见。

"妈！"我喊起来。

母亲终于抬起了头。

母亲瘦削而憔悴的脸，被口罩遮住三分之二。口罩已湿了，一层毡绒附着在上面，使它变成了毛茸茸的褐色。母亲的头发上、衣服上也落满了毡绒，母亲整个人都变成了毛茸茸的褐色。这个角落更缺少光线，更暗。一只可能是100度的灯泡，悬吊在缝纫机上方，向窒闷的空间继续散热，一股蒸蒸的热气顿时包围了我。缝纫机板上水淋淋的，是母亲滴落的汗。母亲的眼病常年不愈，红红的眼睑夹着黑白混浊的眼睛，目光呆滞地望着我，问："你到这里来干什么？找妈有事？"

"妈，给我两元钱……"我本不想再开口要钱。亲眼看到母亲是这样挣钱的，我心里难受极了。可不想说的话，说了，我追悔莫及。

"买什么？"

"买书……"

母亲不再多问，手伸入衣兜，掏出一卷毛票，默默点数，点够了两元钱递给我。

我犹豫地伸手接过。

离母亲最近的一个女人，停止做活，看着我问："买什么书啊？这么贵！"

我说："买一本长篇。"

"什么长篇短篇的！你瞧你妈一个月挣三十几元钱容易吗？你开口两元，你妈这两天的活白做了！"那女人将脸转向母亲，又说，"大姐你别给他钱！你是当妈的，又不是奴隶！供他穿，供他吃，供他上学，还供他花钱买闲书看吗？你也太顺他意了！他还能出息成个写书的人咋的？"

母亲淡然苦笑，说："我哪敢指望他能出息成个写书的人呢！我可不就是为了几个孩子才做活的嘛！这孩子和他哥一样，不想穿好的，不想吃好的，就爱看书！反正多看书对孩子总是有些教育的，算我这两天白做了呗！"说着，俯下身继续蹬缝纫机。

那女人独自叹道："唉，这老婆子，哪一天非为了儿女们累死缝纫机旁！……"

我心里内疚极了，一转身跑出去。

我没有用母亲给我的那两元钱买《红旗谱》。

几天前母亲生了一场病，什么都不愿吃，只想吃山楂罐头，却没舍得花钱给自己买。

我就用那两元钱，几乎跑遍了道里区的大小食品商店，终于买到了一听山楂罐头，剩下的钱，一分也没花。母亲下班后，发现了放在桌上的山楂罐头，沉下脸问："谁买的？"我说："妈，我买的。用你给我的那两元钱为你买的。"说着将剩下的钱从兜里掏出来也放在桌上。"谁叫你这么做的？"母亲生气了。我讷讷地说："谁也没叫我这么做，是我自己……妈，我今后再也不向你要钱买书了！……""你向妈要钱买书妈不给过你吗？那你为什么还说这种话？一听罐头，妈吃不吃又能怎么样呢？还不如你买本书，将来也能保存给你弟弟妹妹们看……""我……妈，你别去做活了吧！……"我扑在母亲怀里，哭了。母亲变得格外慈爱。她抚摸着我的头发，许久又说："妈妈不去做活，靠你爸每月寄回家那点钱，日子没法过啊……"

《红旗谱》这本书没买，我心里总觉得是一个很大愿望没实现。那时我已有了六七十本小人书，我便想到了出租小人书。我的同学中就有出租过小人书的。一天少可得两三毛钱，多可得四五毛钱，再买新书，以此法渐渐增多自己的小人书。

一个星期天，我背着母亲将自己的全部小人书用块旧塑料布包上，偷偷带着溜出家门，来到火车站。在站前广场，苏联红军烈士纪念碑下，我铺开塑料布，摆好小人书，坐一旁期待。

火车站是租小人书的好地方。我的书摊前渐渐围了一圈人，大多是候车或转车的外地人。我不像我的那几个租过小人书的同学，先收钱。我不按小人书的页数决定收几分钱，厚薄一律二分。我预想周到，带了一截粉笔，画线为"界"，要求看书们必须在"界"内，我自己在"界"外。这既有利于他们，也方便于我。他们可以坐在纪念碑台阶上，我盘腿坐在他们对面，精力集中地注意他们，防止谁贪小便宜将我的书揣入衣兜。看完了的，才许跨出"界"外，一手还书，一手交钱。我"管理"有方，"生意"竟很"兴隆"，心中无比喜悦。

"喂，起来，起来！"背后一个声音忽然对我吆喝，一只皮鞋同时踢我屁股。我站起来，转身一看，是位治安警察。"你们，把书都放下！"戴着白手套的手，朝那些看书的人指。人们纷纷站起，将书扔在塑料布上，扫兴离去。治安警察命令："把书包起来。"我情知不妙，一声不敢吭，赶紧用塑料布将书包起来，抱在怀里。那治安警察将它一把从我怀中夺过去，迈步就走。我扯住他的袖子嚷："你干什么呀你？""干什么？"他一甩胳膊挣脱我的手，"没收了！""你凭什么没收我的书呀？""凭什么？"他指指写有"治安"二字的袖标，"就凭这个！这里不许出租小人书你知道不知道？""我……我不知道，我今后再也不到这儿来出租小人书了！……"我央求他，快急哭了。"那么说你今后还要到别的地方去出租啦？""不，我不是那个意思，我今后哪儿也不去出租了，你还给我，还给我吧！……""一本不还！"那个治安警察真是冷酷，说罢大步朝站前派出所走去。

我哇的一声哭了，我追上他，哭哭啼啼，由央求而哀求。他被我纠缠火了，厉声喝道："再跟着我，连你也扯到派出所去！"我害怕了，不敢继续哀求，眼睁睁看着他扬长而去……我失魂落魄地往家走。那种绝望的心情，犹如破了产的大富翁。

经过霓虹桥时，真想从桥上跳下去。

回到家里，我越想越伤心，又大哭了一场，哭得弟弟妹妹们莫名其妙。母亲为了多挣几元钱，星期日也不休息。哥哥问我为什么哭，我不说。哥哥以为我不过受了点别人的欺负，未理睬我，到学校参加什么活动去了。

母亲那天下班挺晚。母亲回到家里，见我躺在炕上，坐到炕边问我怎么了。

我因为我那六七十本小人书全部被没收一下子急病了。我失去了一个"世界"呀！我的心是已经迷上了这个"世界"的呀！我流着泪，用嘶哑的声音告诉母亲，我的小人书是怎样在火车站被一个治安警察没收的。母亲缓缓站起，无言地离开了我。我迷迷糊糊睡着了，梦中从那个治安警察手中夺回了我全部的小人书。我迷迷糊糊睡了两个多小时，由于嗓子焦灼才醒过来。窗外，天黑了，屋里拉亮了灯。

我一睁开眼睛，首先发现的，竟是我包小人书的那个塑料布包！我惊喜地爬起，匆匆忙忙地打开塑料布，内中包的果然是我的那些小人书！

外屋，传来嘭、嘭、嘭的响声，是母亲在用铁丝拍子拍打带回家里的毡团。母亲每天都必得带回家十几斤毡团，拍打松软了，以备第二天絮鞋帮用。

"妈！……"我用沙哑的声音叫母亲。母亲闻声走进屋里。

我不禁喜笑颜开，问："妈，是你要回来的吧？"母亲"嗯"了一声，说："记着，今后不许你出租小人书！"说完，又到外屋去拍打毡团。我心中一时间对母亲充满了感激。母亲是连晚饭也没顾上吃一口便赶到火车站去的。母亲对那个治安警察说了多少好话，是否交了罚款，我没问过母亲，也永远地不知道了……

三天后的中午，哥哥从外面回来，一进门就告诉我，要送我一样礼物，并叫我猜是什么。那一天是我的生日，生活穷困，无论母亲还是我们几个孩子，是从不过生日的。我以为哥哥骗我，不猜。哥哥神秘地从书包取出一本书："你看！"

《红旗谱》！

对我来说，再也没有比它更使我高兴的生日礼物了！哥哥又从书包取出了两本书："还有呢！"我激动地夺过一看——《播火记》！这是《红旗谱》的两本下部！我当时还不知道《红旗谱》的下部已经出版。我放下这本，拿起那本，爱不释手。哥哥说："是妈叫我给你买的。妈给了我一张五元的钱，我手一松，就连同两本下部也给你买回来了。"我说："妈叫你给我买一本，你却给我买了三本，妈会责备你吧？"哥哥说："不会的。"我放下书，心情复杂地走出家门，走到胡同口母亲做活的条件低劣的街道小工厂。

我趴在低矮的窗上向里面张望，在那个角落，又看到了母亲瘦小的身影，背朝着我，俯在缝纫机前。缝纫机左边，是一大垛轧好的棉胶鞋鞋帮；右边，是一大堆拍打过的毡团。母亲整个人变成了毛茸茸的褐色。

我心里对母亲说："妈，我一定爱惜买的每一本书……"却没有想到只有将来当一位作家才算对得起母亲。至今我仍保持着格外爱惜书的习惯。小时候想买一本书需鼓足勇气才能够开口向母亲要钱，现在见了好书就非买不可。平日没时间逛书店，出差到外地，则将逛书店当成逛街市的主要内容。往往出差归来，外地的什么特产都没带回，带回一捆书，而大部分又是在北京的书店不难买到的。

买书其实莫如借书。借的书，要尽量挤时间早读完归还。买的书，却并不急于阅读了。虽然如此，依旧见了好书就非买不可。

我由于迷上了文学作品，学习成绩大受影响。我在中学时代，是个中等生，对物理、化学、地理、政治一点兴趣也提不起来，每次考试勉强对付及格。俄语初一上学期考试得过一次最高分——九十五，以后再没及格过。我喜欢上的是语文、历史、代数、几何课。代数、几何之所以也能引起我的学习兴趣，是因为像旋转魔方。公式定理是死的，解题却需要灵活性。我觉得解代数或几何题也如同写小说。一篇同样内容的小说，要达到内容和形式的高度完美统一，必定也有一种最佳的创作选择。一般的多种多样,最佳的可能仅仅只有一种。重审我自己的作品,平庸的,恰是创作之前没有进行认真选择角度的。所谓粗制滥造,原因概出于此。

初二下学期,我的学习成绩令母亲和哥哥替我忧郁了,不得不开始限制我读小说。我也唯恐考不上高中,遭人耻笑,就暂时中断了我与文学的"恋爱"。

"文革"风起云涌后,同一天内,我家附近那四个小人书铺,遭到"红卫兵"的彻底"扫荡"。

我记得很清楚,那一天我到通达街杂货店买咸菜,见杂货店隔壁的小人书铺前,一堆焚书余烬,冒着袅袅青烟。窗子碎了。租小人书的老人,泥胎似的呆坐屋里,我常去看小人书,他对我很熟悉。我们隔窗相望一眼,彼此无话可说。我心中对他充满同情。

"文革"对全社会也是一场"焚书"运动,却给我个人带来了更多读书的机会。我们那条小街住的大多是"下里巴人",竟有四户收破烂的。院内一户,隔街对院一户,街头两户。

"文革"初期,他们每天都一手推车一手推车地载回来成捆成捆的书刊。我们院子里那户收破烂的房前屋内书刊铺地。收破烂的姓卢,我称他"卢叔"。他每天一推回书刊来,我是第一个拆捆挑拣的人。书在那场"文革"中成了起祸的根源。不知有多少人,忍痛将他们的藏书当废纸卖掉了。而我成了一个地地道道的"发国难财"的人。《怎么办》《猎人笔记》《白痴》《美国悲剧》《妇女乐园》《白鲸》《堂吉诃德》……一些我原先连书名也没听说过的，或在书店里看到了想买而买不起的书，都是从"卢叔"收回来的书堆里寻找到的。寻找到一两本时，我打声招呼，就拿走了。寻找到五六本时，不好意思白拿走，象征性地交给"卢叔"一两毛钱，就算买下来。学校停课，我极少到学校去，在家里读那些读也读不完的书，同时担起了"家庭主妇"的种种责任。

最使我感到愉快的时刻，是冬天里，母亲下班前，我将"大楂子"淘下饭锅的时刻。那时刻，家中很安静，弟弟妹妹们各自趴在里屋炕上看小人书。我则可以手捧一本自己喜爱的文学作品，坐在小板凳上，守在炉前看锅。"大楂子"粥起码两个小时才能熬熟，两个小时内可以认认真真地读几十页书。有时书中人物的命运引起我的沉思和联想，凝视着火光闪耀的炉口，不免心驰神往。

1968 年我下乡前，已经有满满的一木箱书，我下乡那一天，将那一木箱书整理了一番，底下铺纸，上面盖纸，落了锁。

我把钥匙交给母亲替我保管，对母亲说："妈，别让任何人开我的书箱啊！这些书可能以后在中国再也不会出版了！"

母亲理解地回答："放心吧，就是家里失了火，我也叫你弟弟妹妹们先把你的书箱搬出去！"

　　对较多数已经是作家的人来说，通往文学目标的道路用写满字迹的稿纸铺垫。这条道路不是百米赛跑，是漫长的"马拉松"，是必须一步步进行的竞走。这也是一条时时充满了自然淘汰现象的道路。缺少耐力、缺少信心、缺少不断进取精神的人，缺少在某一时期内自甘寂寞的勇气的人，即使"一举成名"，声誉鹊起，也可能"昙花一现"。始终"竞走"在文学道路上的大抵是些"苦行僧"。

读的烙印

真的不知该给正开始写的这一篇文字取怎样的题。

自幼喜读，因某些书中的人或事，记住了那些书名，甚至还会终生记住它们的作者。然而也有这种情况，书名和作者是彻底地忘记了，无论怎么想也想不起来了。但书中人或事，却长久地印在头脑中了。仿佛头脑是简，书中人或事是刻在大脑这种简上的。仿佛即使我死了，肉体完全地腐烂掉了，物质的大脑混入泥土了，依然会有什么异乎寻常的东西存在于泥土中，雨水一冲，便会显现出来似的。又仿佛，即使我的尸体按照现今常规的方式火化掉，在我的颅骨的白森森的骸片上，定有类似几行文字的深深的刻痕清晰可见。告诉别人在我这个死者的大脑中，确乎地曾至死还保留过某种难以被岁月铲平的、与记忆有关的密码……

其实呢，那些自书中复拷入大脑的人和事，并不多么惊心动魄,也根本没有什么曲折的因而特别引人入胜的情节。它们简单得像小学课文一样,普通得像自来水。并且,都是我少年时的记忆。

这记忆啊,它怎么一直纠缠不休呢?怎么像初恋似的难忘呢?我曾企图思考出一种能自己对自己说得通的解释。然而我的思考从未有过使自己满意的结果。正如初恋之始终是理性分析不清的。所以呢,我想,还是让我用我的文字将它们写出来吧!我更愿我火化后的颅骨的骸片像白陶皿的碎片一样,而不愿它有使人觉得奇怪的痕迹……

一

在乡村的医院里,有一位父亲要死了。但他顽强地坚持着不死,其坚持好比夕阳之不甘坠落。在自然界它体现在一小时内,相对于那位父亲,它将延长至十余小时。

生命在那一种情况下执拗又脆弱。护士明白这一点。医生更明白这一点。那位父亲死不瞑目的原因不是身后的财产。他是果农,除了自家屋后院子里刚刚结了青果的几十棵果树,他再无任何财产。除了他的儿子,他在这个世界上也再无任何亲人。他坚持着不死是希望临死前再见一眼他的儿子。他也没什么重要之事叮嘱他的儿子。他只不过就是希望临死前再见一眼他的儿子,再握一握儿子的手……事实上他当时已不能说出话来。他一会儿清醒，一会儿昏迷。两阵昏迷之间的清醒时刻越来越短……但他的儿子远在俄亥俄州。医院已经替他发出了电报——打长途电话未寻找到那儿子，电报就一定会及时送达那儿子的手中吗？即使及时送达了，估计他也只能买到第二天的机票了。下了飞机后，他要再乘四个多小时的长途汽车才能来到他父亲身旁……

而他的父亲真的竟能坚持那么久吗？濒死的生命坚持不死的现象，令人肃然也令人怜悯。而且，那么令人无奈……

夕阳是终于放弃它的坚持了，坠落不见了。

令人联想到晏殊的词句——"一向年光有限身""夕阳西下几时回"。但是那位父亲仍在顽强地与死亡对峙着。那一种对峙注定了绝无获胜的机会，因而没有本能以外的任何意义……黄昏的余晖映入病房，像橘色的纱，罩在病床上，罩在那位父亲的身上、脸上……病房里静悄悄的，最适合人咽最后一口气的那一种寂静……那位父亲只剩下几口气了。他喉间呼呼作喘，胸脯高起深伏，极其舍不得地运用他的每一口气。每一口气对他都是无比宝贵的。呼吸已仅仅是呼出着生命之气。那是看了令人非常难过的"节省"。分明地，他已处在弥留之际。他闭着眼睛，徒劳地做最后的坚持。他看上去昏迷着，实则特别清醒，那清醒是生命在大脑领域的回光返照。门轻轻地开了。有人走入了病房。脚步声一直走到了他的病床边。那是他在绝望中一直不肯稍微放松的企盼。除了儿子，还会是谁呢？这时脆弱的生命做出了奇迹般的反应——他突然伸出一只手向床边抓去。而且，那么地巧，他抓住了中年男医生的手。"儿子！……"他竟说出了话，那是他留在人世的最后一句话。一滴老泪从他眼角挤了出来。他已无力睁开双眼最后看他的"儿子"一眼了。他的手将医生的手抓得那么紧，那么紧……年轻的女护士是和医生一道进入病房的。濒死者始料不及的反应使她呆愣住。而她自己紧接着做出的反应是——跨前一步，打算拨开濒死者的手，使医生的手获得"解放"。但医生以目光及时制止了她。

医生缓缓俯下身，在那位父亲的额上吻了一下。接着又将嘴凑向那位父亲的耳，低声说："亲爱的父亲，是的，是我，您的儿子。"医生直起腰，又以目光示意护士替他搬过来一把椅子。在年轻女护士的注视之下，医生坐在椅子上了。那样，濒死者的手和医生的手，就可以放在床边了。医生并且将自己的另一只手，轻轻捂在当他是"儿子"的那位父亲的手上。他示意护士离去。三十几年后，当护士回忆这件事时，她写的一段话是："我觉得我不是走出病房的，而是像空气一样飘出去的，唯恐哪怕是最轻微的脚步声，也会使那位临死的老人突然睁开双眼。我觉得仿佛是上帝将我的身体托离了地面……"

至今这段话仍印在我的颅骨内面，像释迦牟尼入禅的身影印在山洞的石壁上。夜晚从病房里收回了黄昏橘色的余晖。年轻的女护士从病房外望见医生的坐姿那么端正，一动不动。她知道，那一天是医生结婚十周年纪念日，他亲爱的妻子正等待着他回家共同庆贺一番。黎明了——医生还坐在病床边。旭日的阳光普照入病房了——医生仍坐在病床边，因为他觉得握住他手的那只手，并没变冷变硬。到了下午，那只手才变冷变硬。而医生几乎坐了 20 个小时。他的手臂早已麻木了，他的双腿早已僵了，他已不能从椅子上站起来了，是被别人搀扶起来的。院长感动地说："我认为你是很虔诚的基督徒。"而医生平淡地回答："我不是基督徒，不是上帝要求我的。是我自己要求我的。"

三十几年后，当年年轻的护士变成了一位老护士，在她退休那一天，人们用"天使般的心"赞美她那颗充满着爱的护士的心时，她讲了以上一件使她终生难忘的事……

最后她也以平淡的语调说："我也不是基督徒。有时我们自己的心要求我们做的，比上帝用他的信条要求我们做的更情愿。仁爱是人间的事，而我们有幸是人。所以我们比上帝更需要仁爱，也应比上帝更肯给予。"

没有掌声。因为人们都在思考她讲的事和她说的话，忘了鼓掌……在我们人间，使我们忘了鼓掌的事已少了；而我们大鼓其掌时真的都是那么由衷的吗？

二

　　此事发生在国外一座大城市的一家小首饰店里。冬季的傍晚,店外雪花飘舞。三名售货员都是女性。确切地说,是三位年轻的姑娘。其中最年轻的一位才十八九岁。已经到可以下班的时间了,另外两位姑娘与最年轻的姑娘打过招呼后,一起离开了小店。现在,小首饰店里,只有最年轻的那位姑娘一人了。正是西方诸国经济大萧条的灰色时代,失业的人比以往任何一年都多,到处可见忧郁沮丧的面孔。银行门可罗雀。超市冷清。领取救济金的人们却从夜里就开始排队了。不管哪里,只要一贴出招聘广告,即使仅招聘一人,也会形成聚众不散的局面。

　　姑娘是在几天前获得这一份工作的。她感到无比幸运。甚至可以说感到幸福,虽然工资是那么低微。她轻轻哼着歌,不时望一眼墙上的钟。再过半小时,店主就会来的。她向店主汇报一天的营业情况后,也可以下班了。

　　姑娘很勤快,不想无所事事地等着。于是她扫地,擦柜台。这不见得会受到店主的夸奖。她也不指望受到夸奖。她勤快是由于她心情好。心情好是由于感到幸运和幸福。

　　忽然,门吱呀一声开了,迈进来一个中年男人。他一肩雪花,头上没戴帽子。雪花在他头上形成了一顶白帽子。姑娘立刻热情地说:"先生您好!"男人点了一下头。姑娘犹豫刹那,掏出手绢，替他抚去头上的、肩上的雪花。接着她走到柜台后边，准备为这一位顾客服务。其实她可以对他说："先生，已过下班时间了，请明天来吧。"但她没这么说。经济萧条的时代，光临首饰店的人太少了，生意惨淡。她希望能替老板多卖出一件首饰。虽然才上了几天班，她却养成了一种职业习惯，那就是判断一个人的身份，估计顾客可能对什么价格的首饰感兴趣。

她发现男人竖起的大衣领的领边磨损得已暴露出呢纹了。而且，她看出那件大衣是一件过时货。当然，她也看出那男人的脸刚刮过，两颊泛青。

他的表情是多么阴沉啊！他企图靠斯文的举止掩饰他糟糕的心境，然而他分明地不是现实生活中的好演员。姑娘判断他是一个钱夹里没有多少钱的人。于是她引他凑向陈列着廉价首饰的柜台，向他一一介绍价格，可配怎样的衣着。而他似乎对那些首饰不屑一顾。他转向了陈列着价格较贵的首饰的柜台，要求姑娘不停地拿给他看。有一会儿他同时比较着两件首饰，仿佛就会做出最后的选择。他几乎将那一柜台里的首饰全看遍了，却说一件都不买了。姑娘自然是很失望的。男人斯文而又抱歉地说："小姐，麻烦了您这么半天，实在对不起。"

姑娘微笑着说："先生，没什么。有机会为您服务我是很高兴的。"当那男人转身向外走时，姑娘漫不经心地瞥了一眼柜台。漫不经心的一瞥使她顿时大惊失色——价格最贵的一枚戒指不见了！那是一家小首饰店，当然也不可能有贵到价值几千几万的戒指。然而姑娘还是呆住了，仿佛被冻僵了一样。那一时刻她脸色苍白，心跳似乎停止了，血液也似乎不流通了……而男人已经推开了店门，一只脚已迈到了门外……"先生！"姑娘听出了她自己的声音有多么颤抖。男人的另一只脚，就没向门外迈。男人也仿佛被冻僵在那儿了。姑娘又说："先生，我能请求您先别离开吗？"男人已迈出店门的脚竟收回来了。他缓缓地、缓缓地转过了身，他低声说："小姐，我还有很急迫的事等着我去办。"分明地，他随时准备扬长而去。姑娘绕出柜台，走到门口，有意无意地将他挡在了门口。男人的目光冷森起来。姑娘说："先生，我只请求您听我说几句话……"男人点了点头。姑娘说："先生，您也许会知道我找到这一份工作有多么地不容易！我的父亲失业了，我的哥哥也失业了。因为家里没钱养两个大男人，我的母亲带着我生病的弟弟回乡下去了。我的工资虽然低微，但我的父亲、我的哥哥和我自己，正是靠了我的工资才每天能吃上几小块面包。如果我失去了这份工作，那么我们完了。除非我做妓女……"

　　姑娘说的每一句话都是实话。姑娘说不下去了，流泪了，无声地哭了……男人低声说："小姐，我不明白您的话。"姑娘又说："先生，刚才给您看过的一枚戒指现在不见了。如果找不到它，我不但将失去工作，还肯定会被传唤到法院去的。而如果我不能向法官解释明白，我不是要坐牢的吗？先生，我现在绝望极了，害怕极了。我请求您帮着我找！我相信在您的帮助之下，我才会找到它……"姑娘说的每一句话都是由衷的话。男人的目光不再冷森。他犹豫片刻，又点了点头。于是他从门口退开，帮着姑娘找。两个人分头这儿找那儿找，没找到。男人说："小姐，我真的不能再帮您找了。我必须离开了。小姐您瞧，柜台前的这道地板缝多宽呀！我敢断定那枚戒指一定是掉在地板缝里了。您独自再找找吧！听我的话，千万不要失去信心！"男人一说完就冲出门外去了。姑娘愣了一会儿，走到地板缝前俯身细瞧——戒指卡在地板缝间。而男人走前蹲在那儿系过鞋带。第二天，人们相互传告——夜里有一名中年男子抢银行未遂……几天后，当罪犯被押往监狱时，他的目光在道边围观的人群中望见了那姑娘。她走上前对他说："先生，我要告诉您我找到那枚戒指了，因而我是多么感激您啊！"并且，她送给了罪犯一个小面包圈儿。她又说："我只能送得起这么小的一个小面包圈儿。"罪犯流泪了。囚车继续向前行驶。姑娘追随着囚车，真诚地说："先生，听我的话，千万不要失去信心！"那是他对姑娘说过的话。他——罪犯，点了点头……

三

这是秋季的一个雨夜。雨时大时小，从天黑下来后一直未停，想必整夜不会停的了。在城市某一个区的消防队值班室里，一名年老的消防队员和一名年轻的消防队员正在下棋。棋盘旁边是电话机，是二人各自的咖啡杯。他们的值班任务是——有火灾报警电话打来，立即拉响报警器。年老的消防队员再过些日子就要退休了；年轻的消防队员才参加工作没多久。他们第一次共同值班。老消防队员举起一枚棋子犹豫不决之际，电话铃骤响。年轻的消防队员反应迅速地一把抓起了电话。"救救我……我的头磕在壁炉角上了，流着很多血……我快死了，救救我……"话筒那端传来一位老女人微弱的声音。那是一台扩音电话。年轻的消防队员愣了愣，爱莫能助地回答："可是夫人，您不该拨这个电话号码。这里是消防队值班室……"话筒那一端却再也没有任何声音传来。年轻的消防队员一脸不安，缓缓地、缓缓地放下了电话。他们的目光刚一重新落在棋盘上，便不约而同地又望向电话机了。接着他们的目光注视在一起了……老消防队员说："如果我没听错，她告诉我们她流着很多血……"年轻的消防队员点了一下头："是的。"

"她还告诉我们，她快死了。"

"是的。"

"她在向我们求救。"

"是的。"

"可我们……在下棋……"

"不……我怎么还会有心思下棋呢？"

"我们总该做点儿什么应该做的事对不对？"

"对……可我，真的不知道该做什么……"

老消防队员嘟哝："总该做点儿什么的……"

他们就都不说话了。

都在想究竟该做点儿什么。

他们首先给急救中心挂了电话，但因为不清楚确切的住址，急救中心的回答是非常令他们遗憾的。他们也给警方挂了电话，同样的原因，警方的回答也非常令他们失望。该做的事已经做了，连老消防队员也不知道该继续做什么了。他说："我们为救一个人的命已经做了两件事，但并不意味着我们救了一个向我们求救过的人。"年轻的消防队员说："我也这么想。""她肯定还在流血不止。""肯定的。""如果没有人实际上去救她，她真的会死的。""真的会死的……"年轻的消防队员说完，忽然拍了一下自己的前额："嘿，我们干吗不查问一下电话局？那样，我们至少可以知道她住在哪一条街区！"老消防队员赶紧抓起了电话。一分钟后，他们知道求救者住在哪一条街了；两分钟后，他们从地图上找到了那一条街。它在另一市区。他们又将弄清的情况通告急救中心或警方……但是一方暂无急救车可以前往，一方的线路占线，连拨不通……

老消防队员灵机一动，向另一市区的消防队值班室拨去了电话，希望派出消防车救一位老女人的命。他遭到了拒绝。

拒绝的理由简单又正当：派消防车救人？荒唐之事！在没有火灾也未经特批的情况下出动消防车，不但严重违反消防队的纪律条例，也严重违反城市管理法啊！他们一筹莫展了。老消防队员发呆地望了一会儿挂在墙上的地图，主意已定地说："那么，为了救一个人的命，就让我来违反纪律和违法吧！"

他起身拉响了报警器。年轻的消防队员说："不能让你在退休前受什么处罚。报警器是我拉响的，一切后果由我来承担。"老消防队员说："你还是一名见习队员，怎么能牵连你呢？报警器明明是我拉响的嘛！"而院子里已经嘈杂起来，一些留宿待命的消防队员匆匆地穿着消防服。当老消防队员说明拉报警器的原因后，院子里一片肃静。老消防队员说："认为我们不是在胡闹的人，就请跟我们去吧！"他说完走向一辆消防车，年轻的消防队员紧随其后。没有谁返身回到宿舍去，也没有谁说什么问什么，都分头踏上了两辆消防车。雨又下大了。马路上的车辆皆缓慢行驶。两辆消防车一路鸣笛，争分夺秒地从本市区开往另一市区。它们很快就驶在那一条街道上了。那是一条很长的街道。正是周末，人们睡得晚。几乎家家户户的窗子都明亮着。求救者究竟倒在哪一幢楼的哪一间屋子里呢？断定本街上并没有火灾发生的市民，因消防车的到来滋扰了这里的宁静而愤怒。有人推开窗子大骂消防队员们。年轻的消防队员站立在消防车的踏板上，手持话筒做着必要的解释。

许多大人和孩子从自家的窗子后面，观望到了大雨浇着他和别的消防队员们的情形。"市民们，请你们配合我们，关上你们各家所有房间的电灯！……"年轻的消防队员反复要求着。一扇明亮的窗子黑了，又一扇明亮的窗子黑了，再也无人大骂了。在这一座城市，在这一条街道，在这一个夜晚，在瓢泼大雨中，两辆消防车如夜海上的巡逻舰，缓缓地一左一右地并驶着。迎头的各种车辆纷纷倒退。除了司机，每一名消防队员都站立在消防车两旁的踏板上，目光密切地关注着街道两侧的楼房，包括那位老消防队员。雨，是下得更大了。街道两旁的楼房的窗全都黑暗了，只有两行路灯亮着了。那一条街道那一时刻那么地寂静。"看！"一名消防队员激动地大叫起来。他们终于发现了唯一一户人家亮着的窗。一位 70 余岁的老妇人被消防车送往了医院。医生说，再晚 10 分钟，她的生命就会因失血过多不保了。

两名消防队员自然没受处罚。市长亲自向他们颁发了荣誉证书，称赞他们是本市"最可爱的市民"，其他消防队员也受到了市长的表扬。那位老妇人后来成为该市年龄最大也最积极的慈善活动志愿者……

大约是在初一时，我从隔壁邻居"卢叔"收的废报刊堆里翻到了一册港版的《读者文摘》，其中的这一则纪实文章令我的心一阵阵感动。但是当年我不敢向任何人说出我所受的感动——因为事情发生在美国。

当年我少年的心又感动又困惑——因为美国大兵正在越南用现代武器杀人放火。人性如泉，流在干净的地方带走不干净的东西，流在不干净的地方它自身也污浊。

四

以下一则"故事"是以第一人称叙述的，那么让我也尊重"原版"，以第一人称叙述。

"我"是一位已毕业两年的文科女大学生。"我"两年内几十次应聘，仅几次被试用过。更多次应聘谈话未结束就遭到了干脆的或客气的拒绝。即使那几次被试用，也很快被以各种理由打发走了。

这使"我"产生了巨大的人生挫败感。刚刚踏入社会啊！"我"甚至产生过自杀的念头。"我"找不到工作的主要原因不是有什么品行劣迹，也不是能力天生很差——大学毕业前夕

"我"被车刮倒过一次，留下了难以治愈的后遗症——心情一紧张，两耳便失聪。"我"是一个诚实的人。每次应聘，"我"都声明这一点。而结果往往是——招聘主管者们欣赏"我"的诚实，但却不肯降格以用。"我"虽然对此充分理解，可无法减轻人生忧愁。"我"仍不改初衷，每次应聘，还是一如既往地声明在先，也就一如既往地一次次希望落空……在"我"沮丧至极的日子里，很令"我"喜出望外的，"我"被一家报馆试用了！

那是因为"我"的诚实起了作用。也因为"我"诚实不改且不悔的经历引起了同情和尊敬。

与"我"面谈的是一位部门主任。他对"我"说："你是受过高等教育的，社会应该留给你这么诚实的人一份适合你的工作，否则，就谁也没有资格要求你热爱社会了。"部门主任的话也令"我"大为感动。"我"的具体工作是资料管理。这一份工作获得不易，"我"异常珍惜，而且，也渐渐喜欢这一份工作了。"我"的心情从没有过的好，每天笑口常开。当然，双耳失聪的后遗症现象一次也没发生过。同事们不但接受了"我"这一名资料管理员，甚至开始称赞"我"良好的工作表现了。试用期一天天地过去着，不久，"我"将被正式签约录用了。这是"我"梦寐以求的呀！"我"不再觉得自己是一个不幸的人，反而觉得自己是一个十分幸运的人了。

某一天，那一天是试用期满的前三天——报馆同事上下忙碌，为争取对一新闻事件的最先报道，人人放弃了午休。到资料馆查询相关资料的人接二连三。受紧张气氛影响，"我"最担心之事发生了，"我"双耳失聪了！这使我陷于不知所措之境，也使同事们陷于不知所措之境。笔谈代替了话语。时间对于新闻意味着什么不言自明，何况有多家媒体在与该报抢发同一条新闻！结果该报在新闻战中败北了。对于该报，几乎意味着是一支足球队在一次稳操胜券的比赛中惨遭淘汰。客观地说，如此结果，并非完全是由"我"一人造成的。但"我"确实难逃干系啊！"我"觉得多么地对不起报社、对不起同事们呀！

　　"我"内疚极了。

　　同时，多么地害怕三天后被冷淡地打发走！"我"向所有当天到过资料室的人表示真诚的歉意；"我"向部门主任当面承认"错误"，尽管"我"不是因为工作态度而失职……一切人似乎都谅解了"我"。在"我"看来，似乎而已。"我"敏感异常地觉得，人们谅解自己是假的，是装模作样的。

　　总之是表面的，仅仅为了证明自己的宽宏大量罢了。"我"猜想，其实报社上上下下，都巴不得自己三天后没脸再来上班。但，那"我"不是又失业了吗？"我"还能幸运地再找到一份工作吗？第二次幸运的机会究竟在哪儿呀？"我"已根本不相信它的存在了。奇怪的是——三天后并没谁找"我"谈话，通知我被解聘了；当然也没谁来让"我"签订正式录用的合同。"我"太珍惜获得不易的工作了！"我"决定放弃自尊，没人通知就照常上班。一切人见了"我"，依旧和"我"友好地点头，或打招呼。但"我"觉得人们的友好已经变质了，微笑着的点头已是虚伪的了。分明地，人们对"我"的态度，与以前是那么不一样了，变得极不自然了，仿佛竭力要将自己的虚伪成功地掩饰起来似的。以前，每到周末，人们都会热情地邀请"我"参加报社一向的"派对"娱乐活动。现在，两个周末过去了，"我"都没受到邀请——如果这还不是歧视，那什么才算歧视呢？

"我"由内疚由难过而生气了——倒莫如干脆打发"我"走！为什么要以如此虚伪的方式逼"我"自己离开呢？这不是既想达到目的又企图得到善待试用者的美名吗？

"我"对当时决定试用自己的那一位部门主任，以及自己曾特别尊敬的报社同事们暗生嫌恶了。

都言虚伪是当代人之人性的通病，"我"算是深有体会了！

第三个周末，下班后，人们又都匆匆地结伴走了。

"派对"娱乐活动室就在顶层，人们当然是去尽情娱乐了呀！

只有"我"独自一人留在资料室发呆，继而落泪。

回家吗？

明天还照常来上班吗？

或者明天自己主动要求结清工资，然后将报社上上下下骂一通，扬长而去？"我"做出了最后的决定。一经决定，"我"又想，干吗还要等到明天呢？干吗不今天晚上就到顶层去，突然出现，趁人们皆愣之际，大骂人们的虚伪。趁人们被骂得呆若木鸡，转身便走有何不可？难道虚伪是不该被骂的吗？！不就是三个星期的工资吗？为了自己替自己出一口气，不要就是了呀！于是"我"抹去泪，霍然站起，直奔电梯。"我"一脚将娱乐活动室的门踢开了——人们对"我"的出现倍感意外，确实地，都呆若木鸡；而"我"对眼前的情形也同样地倍感意外，也同样地一时呆若木鸡。"我"看到一位哑语教师，在教全报社的人哑语，包括主编和社长也在内……

部门主任走上前以温和的语调说："大家都明白目前这一份工作对你是多么重要。每个人都愿帮你保住你的工作。三个周末以来都是这样。我曾经对你说过——社会应该留给你这么诚实的人，一份适合你的工作。我的话当时也是代表报社、代表大家的。对你，我们大家都没有改变态度……"

"我"环视同事们，大家都对"我"友善地微笑着，还是那些熟悉了的面孔，还是那些见惯了的微笑，却不再使"我"

产生虚伪之感了。还是那种关怀的目光,从年老的和年轻的眼中望着"我",似乎竟都包含着歉意,似乎每个人都在以目光默默地对"我"说:"原谅我们以前未想到用这样的方式帮助你……"

曾使我感到幸运和幸福的一切内容,原来都没有变质。非但都没有变质,而且美好地温馨地连成一片令"我"感动不已的,看不见却真真实实地存在着的事实了……

"我"的泪水顿时夺眶而出。

"我"站在门口,低着头,双手捂脸,孩子似的哭着哭着……

眼泪因被关怀而流……

也因对同事们的误解而流……

那一时刻"我"又感动又羞愧,于是人们渐渐聚向"我"的身旁……

五

还是冬季,还是雪花漫舞的傍晚,还是在人口不多的小城,事情还是与一家小小的首饰店有关……

它比前边讲到的那家首饰店更小了。前边讲的那家首饰店,在经济大萧条的时代,起码还雇得起三位姑娘。这一家小首饰店的主人,却是谁都雇不起的……

他是三十二三岁的青年，未婚青年。他的家只剩他一个人了，父母早已过世了，姐姐远嫁到外地去了。小首饰店是父母传给他继承的。它算不上是一宗值得守护的财富，但是对他很重要，他靠它为生。

大萧条继续着。他的小首饰店是越来越冷清了，他的经营是越来越惨淡了。那是圣诞节的傍晚。他寂寞地坐在柜台后看书，巴望有人光临他的小首饰店。已经五六天没人迈入他的小首饰店了。他既巴望着，也不多么地期待。在圣诞节的傍晚他坐在他的小首饰店里，纯粹是由于习惯。反正回到家里也是他一个人，也是一样的孤独和寂寞。几年以来的圣诞节或别的什么节日，他都是在他的小首饰店里度过的……

万一有人……他只不过心存着一点点侥幸罢了。如果不是经济大萧条的时代，节日里尤其是圣诞节，光临他的小首饰店的人还是不少的。因为他店里的首饰大部分是特别廉价的，是适合底层的人们选择作为礼物的。

经济大萧条的时代是注定要剥夺人们某种资格的。首先剥夺的是底层人在节日里相互赠礼的资格。对于底层人，这一资格在经济大萧条的时代成了奢侈之事……

青年的目光，不时离开书页望向窗外，并长长地忧郁地叹上一口气。居然有人光临他的小首饰店了！光临者是一位少女，看上去只有十一二岁。一条旧的灰色的长围巾，严严实实地围住了她的头，只露出正面的小脸儿。少女的脸儿冻得通红，手也是。只有老太婆才围她那种灰色的围巾。肯定地，在她临出家门时，疼爱她的母亲或祖母将自己的围巾给她围上了——青年这么想。他放下书，起身说："小姐，圣诞快乐！希望我能使您满意，您也能使我满意。"青年是高个子。少女仰起脸望着他，庄重地回答："先生，也祝您圣诞快乐！我想，我们一定都会满意的。"她穿一件打了多处补丁的旧大衣。她回答时，一只手朝她一边的大衣兜拍了一下，仿佛她是阔佬，那只大衣兜里揣着满满一袋金币似的。青年的目光隔着柜台端详她，看见她穿一双靴腰很高的毡靴。毡靴也是旧的，显然比她的脚要大得多。而大衣原先分明很长，无疑是大姑娘们穿的。谁替她将大衣的下摆剪去了，并且按照她的身材改缝过了吗？也是她的母亲或祖母吗？

他得出了结论——少女来自一个贫寒家庭。

她使他联想到了《卖火柴的小女孩》。而他刚才捧读的，正是一本安徒生的童话集。

青年忽然觉得自己对这少女特别地怜爱起来，觉得她脸上的表情那会儿纯洁得近乎圣洁。他决定，如果她想买的只不过是一只耳环，那么他将送给她，或仅象征性地收几枚小币……

少女为了看得仔细，上身伏于柜台，脸几乎贴着玻璃了——她近视。

青年猜到了这一点，一边用抹布擦柜台的玻璃，一边温情地瞧着少女。其实柜台的玻璃很干净，可以说一尘不染。他还要擦，是因为觉得自己总该为小女孩做些什么才对。

"先生，请把这串项链取出来。"

少女终于抬起头指着说。

"怎么……"

他不禁犹豫。

"我要买下它。"

少女的语气那么自信，仿佛她大衣兜里的钱，足以买下他店里的任何一件首饰。

"可是……"

青年一时不知自己想说的话究竟该如何说才好。

"可是这串项链很贵？"

少女的目光盯在他脸上。

他点了点头。

那串项链是他的小首饰店里最贵的。它是他的压店之宝。另外所有首饰的价格加起来，也抵不上那一串项链的价格。当然，富人们对它肯定是不屑一顾的，而穷人们却只有欣赏而已，所以它陈列在柜台里多年也没卖出去。有它，青年才觉得自己毕竟是一家小首饰店的店主。他经常这么想——倘若哪一天他要结婚了，它还没卖出去，那么他就不卖它了。他要在婚礼上亲手将它戴在自己新娘的颈上……

现在，他对自己说，他必须认真地对待面前的女孩了。

她感兴趣的可是他的压店之宝呀！不料少女说："我买得起它。"少女说罢，从大衣兜里费劲地掏出一只小布袋儿。小布袋儿看上去沉甸甸的，仿佛装的真是一袋金币。

少女解开小布袋儿，往柜台上兜底儿一倒，于是柜台上出现了一堆硬币。但不是金灿灿的金币，而是一堆收入低微的工人们在小酒馆里喝酒时，表示大方当小费的小币……

有几枚小币从柜台上滚落到了地上，少女弯腰捡起它们。由于她穿着高腰的毡靴，弯下腰很不容易。姿势像表演杂技似的。还有几枚小币滚到了柜台底下，她干脆趴在地上，将手臂伸到柜台底下去捡……

她重新站在他面前时，脸涨得通红。她将捡起的那几枚小币也放在柜台上，一双大眼睛默默地庄严地望着青年，仿佛在问："我用这么多钱还买不下你的项链吗？"

青年的脸也涨得通红，他不由得躲闪她的目光。他想说的话更不知该如何说才好了。全部小币，不足以买下那串项链的一颗，不，半颗珠子。他沉吟了半天才吞吞吐吐地说："小姐，其实这串项链并不怎么好。我……我愿向您推荐一只别致的耳环……"少女摇头道："不。我不要买什么耳环，我要买这串项链。""小姐，您的年龄，其实还没到非戴项链不可的年龄……""先生，这我明白。我是要买了它当作圣诞礼物送给我的姐姐，给她一个惊喜。""可是小姐，一般是姐姐送妹妹圣诞礼物的……""可是先生，您不知道我有多爱我的姐姐啊！我可爱她了！我无论送给她多么贵重的礼物，都不能表达我对她的爱……"于是少女娓娓地讲述起她的姐姐：她很小的时候，父母就去世了，是她的姐姐将她抚养大的。她从三四岁起就体弱多病，没有姐姐像慈母照顾自己心爱的孩子一样照顾她，她也许早就死了。姐姐为了她一直未嫁。姐姐为了抚养她，什么受人歧视的下等工作都做过了，就差去当侍酒女郎了。为了给她治病，姐姐已卖过两次血了……青年的表情渐渐肃穆。女孩儿的话使他想起了他的姐姐。然而他的姐姐对他却一点儿都不好。出嫁后还回来与他争夺这小首饰店的继承权。那一年他才十九岁呀！他的姐姐伤透了他的心……

　　"先生，您明白我的想法了吗？"女孩儿噙着泪问。他低声回答："小姐，我完全理解。""那么，请数一下我的钱吧。我相信您会把多余的钱如数退给我的……"青年望着那堆小币愣了良久，竟默默地、郑重其事地开始数……"小姐，这是您多余的钱，请收好。"他居然还退给了少女几枚小币，连自己也不知自己在干什么。他又默默地、郑重其事地将项链放入盒子里，认认真真地包装好。"小姐，现在，它归你了。""先生，谢谢。""尊敬的小姐，外面路滑，请走好。"他绕出柜台，替她开门，仿佛她是慷慨的贵妇，已使他大赚了一笔似的。望着少女的背影在夜幕中走出很远，他才关上他的店门。失去了压店之宝，他顿觉他的小店变得空空荡荡不存一物似的。他散漫的目光落在书上，不禁在心里这么说："安徒生先生啊，都是由于你的童话我才变得如此傻。可我已经是大人了呀！……"那一时刻，圣诞之夜的第一遍钟声响了……第二天，小首饰店关门。青年到外地打工去了，带着他爱读的《安徒生童话集》。三年后，他又回到了小城。圣诞夜，他又坐在他的小首饰店里，静静地读另一本安徒生的童话集……

教堂敲响了入夜的第一遍钟声时，店门开了——进来的是三年前那一位少女，和她的姐姐，一位容貌端秀的二十四五岁的女郎。女郎说："先生，三年来我和妹妹经常盼着您回到这座小城，像盼我们的亲人一样。现在，我们终于可以将项链还给您了。"长大了三岁的少女说："先生，那我也还是要感谢您。因为您的项链使我的姐姐更加明白，她对我是像母亲一样重要的……"青年顿时热泪盈眶。他和那女郎如果不相爱，不是就很奇怪了吗？

以上五则，皆真人真事，起码在我的记忆中是的。从少年至青年至中年时代，它们曾像维生素保健人的身体一样营养过我的心。第四则的阅读时间稍近些，大约在70年代末。那时我快30岁了。"文革"结束才两三年,中国的伤痕一部分一部分地裸露给世人看了。它在最痛苦也在最普遍最令我们中国人羞耻的方面，乃是以许许多多同胞的命运的伤痕来体现的,也是我以少年的和青年的眼在"文革"中司空见惯的。"文革"即使没能彻底摧毁我对人性善的坚定不移的信仰,也使我在极大程度上开始怀疑人性善之合乎人作为人的法则。事实上经历了"文革"的我, 竟有些感觉人性善之脆弱,之暧昧,之不怎么可靠了。我已经就快变成一个冷眼看世界的青年了,并且不得不准备硬了心肠体会我所生逢的中国时代了。

幸而"文革"结束了。

否则我不敢自信我生而为人恪守的某些原则, 无论在任何情况下都不会放弃；不敢自信我绝不会向那一时代妥协；甚至不敢自信我绝不会与那一时代沆瀣一气, 同流合污……

具体对我而言, 我常想,"文革"之结束, 未必不也是对我之人性质量的及时拯救,在它随时有可能变质的阶段……所以, 当我读到记录人性内容那么朴素、那么温馨的文字时, 我之感动尤深。我想, 一个人可以从某一天开始一种新的人生,世间也是可以从某一年开始新的整合吧? 于是我又重新祭起了对人性善的坚定不移的信仰；于是我又以特别理想主义的心去感受时代, 以特别理想主义的眼去看社会了……

这一种状态一直延续了十余年。十余年内，我的写作基本上是理想主义色彩鲜明的。偶有愤世嫉俗性的文字发表，那也往往是由于我认为时代和社会的理想化程度不合我一己的好恶。

然而，步入中年以后，我坦率承认，我对以上几则"故事"的真实性越来越怀疑了。

可它们明明是真实的啊！

它们明明坚定过我对人性善的信仰啊！

它们明明营养过我的心啊！

我知道，不但时代变了，我自己的理念架构也在浑然不觉间发生了重组。我清楚这一点。

我不再是一个理想主义者了。

并且，可能永远也不会再是了。

这使我经常暗自悲哀。

我的人生经验告诉我——人在少年和青年时期若不曾对人世特别地理想主义过，那么以后一辈子都将活得极为现实。

少年和青年时期理想主义过没什么不好，一辈子都活得极为现实的人生体会也不见得多么良好；反过来说也行。那就是——一辈子都活得极为现实的人生不算什么遗憾，少年和青年时期理想主义过也不见得是一件值得欣慰的事……

以上几则"故事"，依我想来，在当今中国之现实中，几乎都没有了"可操作"性。谁若在类似的情况下,像它们的当事人那么去思维、去做,不知结果会怎样?恐怕会是自食恶果而且被人冷嘲曰自作自受的吧?

我也不会那么去思维、那么去做的了。

故我将它们追述出来,绝无倡导的意思,只不过是一种摆脱记忆粘连的方式罢了。

再有什么动机,那就是提供朴素的、温馨的人性和人道内容的体会了。

爱读的人们

我曾以这样一句话为题写过一篇小文——"读,是一种幸福。"我曾为作家这一种职业做出过我自己所理想的定义——"为我们人类古老而良好的阅读习惯服务的人。"我也曾私下里对一位著名的小说评论家这样说过——"小说是培养人类阅读习惯的初级读本。"我还公开这样说过——"小说是平凡的。"现在,我仍觉得——读,对于我这样一个具体的、已养成了阅读习惯的人,确乎地是一种幸福。而且,将是我一生的幸福。对于我,电视不能代替书,报不能代替书,上网不能代替阅读,所以我至今没有接触过电脑。

站在我们所处的当代,向历史转过身去,我们定会发现——读这一种古老而良好的习惯,百千年来,曾给万亿之人带来过幸福的时光。万亿之人从阅读的习惯中受益匪浅。历史告诉我们,阅读这一件事,对于许许多多的人曾是一种很高级

66

的幸福，是精神的奢侈。书架和书橱，非是一般人家所有的家具。书房，无论在西方还是东方，乃富有家庭的标志，尤其是西方贵族家庭的标志。

而读，无论对于男人或女人，无论对于从前的、现在的，抑或将来的人们，都是一种优雅的姿势，是地球上只有人类才有的姿势。一名在专心致志地读着的少女，无论她是坐着读还是站着读，无论她漂亮还是不漂亮，她那一时刻都会使别人感到美。保尔去冬妮娅家里看她，最羡慕的是她家的书房和她个人的藏书。保尔第一次见到冬妮娅的母亲，那林务官的夫人便正在读书。而苏联拍摄的电影《保尔·柯察金》中有一个镜头——黄昏时分的阳光下，冬妮娅静静地坐在后花园的秋千上读着书……那样子的冬妮娅迷倒了当年中国的几乎所有青年。

因为那是冬妮娅在全片中最动人的形象。

读有益于健康，这是不消说的。

一个读着的人，头脑中那时别无他念，心跳和血流是极其平缓的，这特别有助于脏器的休息，脑神经在那一时刻处于愉悦状态。

一教室或一阅览室的人都在静静地读着，情形是肃穆的。

有一种气质是人类最特殊的气质，所谓"书卷气"。这一种气质区别于出身、金钱和权力带给人的什么气质，但它是连阔佬和达官显贵们也暗有妒心的气质。它体现于女人的脸上，体现于男人的举止，法律都无法剥夺。

但是如果我们背向历史面向当今，又不得不承认，仍然以读为一种幸福的男人和女人，在全世界都大大地减少了。印刷业发达了，书刊业成为"无烟工业"。保持着阅读习惯的人也许并没减少，然而闲适之时，他们手中往往只不过是一份报了。

我不认为读报比读书是一种幸福。

或者，一位老人饭后读着一份报，也沉浸在愉悦时光里。但印在报上的文字和印在书上的文字是不一样的。对于前者，文字只不过是报道的工具；对于后者，文字本身即有魅力。

世界丰富多彩了，生活节奏快了，人性要求从每天里分割出更多种多样的愉悦时光。而这是人性合理的要求。

读，是一种幸福——这一人性感觉，分明地正在成为人类的一种从前感觉。

我言小说是培养人类阅读习惯的初级读本，并非自己写着小说而又非装模作样地贬低小说。我的意思是，一个人的阅读习惯往往是从读小说开始的。其后，他才去读史，读哲，读提供另外多种知识的书。

我言小说是平凡的，这句话欠客观。因为世界上有些小说无疑是不平凡的，伟大的。有些作家倾其毕生心血，留给后人一部《红楼梦》式的经典，或《人间喜剧》那样的皇皇巨著，这无论如何不应视为一件平凡的事情。这些丰腴的文学现象，也可以说是人类经典的文学现象。经典就经典在同时产生从前那样一些经典作家。但是站在当今看以后，世界上不太容易还产生那样一些经典作家了。诺贝尔文学奖的质量和获奖作家的分量每况愈下，间接地证明着此点。然而能写小说能出版自己的书的人却空前地多了。也许从严格的意义上讲这些人不能算作家，只不过是写过小说的人。但小说这件事，却由此而摆脱神秘性，以俗常的现象走向了民间，走向了大众。于是小说的经典时代宣告瓦解，小说的平凡时代渐渐开始……

我这篇文字更想谈的，却并非以上内容。其实我最想谈的是——在当今，仍保持着阅读的习惯并喜欢阅读的人群有哪些？在哪里？这谁都能扳着手指说出一二三四来，但有一个地方，有那么一个人群，也许是除了我以外的别人很难知道的。那就是——精神病院；那就是——精神病患者人群。当然，我指的是较稳定的那一种。

是的，在精神病院，在较稳定的精神病患者人群中，阅读的习惯不但被保持着，而且被痴迷着。是的，在那里，在那一人群中，阅读竟成为如饥似渴的事情，带给他们接近幸福的时光和感觉。这一发现使我大为惊异，继而大为感慨，又继而大为感动。相比于当今精神正常的人们对阅读这一件事的不以为意、不屑一顾，我内心顿生困惑——为什么偏偏是在精神病院里？为什么偏偏是在精神病患者人群中？我百思不得其解。

家兄患精神病 30 余年。父母先后去世后，我将他接到北京，先雇人照顾了一年多，后住进了北京某区一家精神病托管医院。医护们对家兄很好，他的病友们对他也很好。我心怀感激，总想做些什么表达心情。

于是想到了书刊。我第一次带书刊到医院，引起一片惊呼。当时护士们正陪着患者们在院子里"自由活动"。"书！书！""还有刊物！还有刊物！"……顷刻，我拎去的三大塑料袋书刊，被一抢而空。

患者们如获至宝，护士们也当仁不让。医院有电视，有报。看来，对于那些精神病患者，日常仅仅有电视有报反而不够了。他们见了书见了刊眼睛都闪亮起来了。而在医院的外面，在我们许多正常人的生活中，恰恰地，似乎仅仅有电视有报就足矣了。而且，我们许多正常人的文化程度，普遍是比他们高的。他们中仅有一名硕士生。还有一名进了大学校门没一年就病了的，我的哥哥。

我当时呆愣在那儿了。因为决定带书刊去之前，我是犹豫再三的，怕怎么带去怎么带回来。精神病人还有阅读的愿望吗？事实证明他们不但有，竟还那么强烈！后来我每次去探望哥哥，总要拎上些书刊。后来我每次离开时，哥哥总要叮嘱："下次再多带些来！"我问："不够传阅吗？"哥哥说："那哪够！一拿在自己手里，都舍不得再给别人看了。下次你一定要多带些来！"患者们，往往也会聚在窗口门口朝我喊："谢谢你！""下次多带些来！"那时我的眼眶总是会有些湿，因他们的阅读愿望，因书和刊在精神病院这种地方的意义。

我带去的书刊，预先又是经过我反复筛选的。因为他们是精神病患者。内容往往会引起许多正常人兴趣的书刊，如渲染性的、色情的、暴力的、展览人性丑恶及扭曲程度的、误导人偏激看待人生和社会的，我绝不带去。

我带给那些精神病患者的，皆是连家长们都可以百分百放心地给少男少女们看的书和刊。而且，据我想来，连少男少女们也许都不太会有兴趣看。

正是那样的一些经过我这个正常的人严格筛选的书和刊，对于那些精神病患者，成为高级的精神食粮。而这样的一切书和刊，尤其刊，一过期，送谁谁也不要。所以我从前每打了捆，送给传达室朱师傅去卖。

我这个正常之人在我们正常人的正常社会，曾因那些书和刊的下场而感到多么惋惜啊！现在，我终于为它们在精神病院这种地方，安排了一种备受欢迎的好命运。我又是多么高兴啊！由精神病院，我进而联想到了监狱。或者在监狱，对于囚犯们，它们也会备受欢迎吧！书和刊以及其中的作品文章，在被阅读之时，也会带给囚犯们平静的时光，也会抚慰一下他们的心灵，陶冶一下他们的性情吧?

谁能向我解释一下，精神病患者们竟比精神病院外的精神正常的人们，更加喜欢阅读这一件事情——因而证明他们当然是精神病患者，抑或证明他们的精神在这一点上与精神正常的人们差不多地正常!

喜欢阅读的精神病患者们啊，我是多么地喜欢你们! 也许，因为我反而与你们在精神上更其相似着? ……

阅读一颗心

在为到大学去讲课做些必要的案头工作的日子里，又一次思索关于文学的基本概念，如现实主义、理想主义以及现实主义与浪漫主义的结合等。毫无疑问，对于我将要面对的大学生们，这些基本的概念似乎早已陈旧，甚而被认为早已过时。但，万一有某个学生认真地提问呢？

于是想到了雨果，于是重新阅读雨果，于是一行行真挚的、热烈得近乎滚烫的、充满了诗化和圣化意味的句子，又一次使我像少年时一样被深深地感动。坦率地说，生活在仿佛每一口空气中都分布着物欲元素和本能意识的今天，我已经根本不能像少年时的自己一样信任雨果了。但我却还是被深深地感动。依我想来，雨果当年所处的巴黎，其人欲横流的现状比之世界的今天肯定有过之而无不及，人性真善美所必然承受的扭曲力，也肯定比今天强大得多，这是我不信任他笔下那些接近着道德完美的人物之真实性的原因。但他内心里怎么就能够激发起塑造那样一些人物的炽烈热情呢？倘不相信自己笔下的人物在自己所处的时代是有依据存在着的，起码是可能存在着的，作家笔下又怎会流淌出那么纯净的赞美诗般的文字呢？这显然是理想主义高度上升作用于作家大脑之中的现象。我深深地感动于一颗作家的心灵，在他所处的那样一个四处潜伏着阶级对立情绪、虚伪比诚实在人世间获得更容易的自由，狡诈、贪婪、出卖、鹰犬类人也许就在身旁的时代，居然仍对美好人性抱着那么确信无疑的虔诚理念。

是的，我今天又深深地感动于此，又一次明白了我一向为什么喜欢雨果远超过左拉或大仲马们的理由，我个人的一种理由；并且，又一次因为我在同一点上的越来越经常的动摇，而自我审视，而不无羞惭。

那么，让我们来重温一部雨果的书吧，让我们来再次阅读一颗雨果那样的作家的心吧。比如，让我们来翻开他的《悲惨世界》——前不久电视里还介绍由这部名著改编的电影。

一名苦役犯逃离犯人营以后，可以"变成"任何人，当然也包括"变成"一位市长。但是"变成"一位好市长，必定有特殊的原因。

米里哀先生便是那原因。

米里哀先生又是一个怎样的人呢？

他曾是一位地方议员，一位"着袍的文人贵族"的儿子。青年时期，还曾是一名优雅、洒脱、头脑机灵、绯闻不断的纨绔子弟。今天，我们的社会里，米里哀式的纨绔子弟也多着呢。"大革命"初期，这名纨绔子弟逃亡国外，妻子病死异乡。当这名纨绔子弟从国外回到法国，却已经是一位教士了。接着做了一个小镇的神父。斯时他已上了岁数，"过着深居简出的生活"。

他曾在极偶然的情况下见到了拿破仑。

皇帝问："这个老头儿老看着我，他是什么人？"

米里哀神父说："你看一个好人，我看一位伟人，彼此都得益吧。"

由于拿破仑的暗助，不久他由神父进而成为主教大人。

他的主教府与一所医院相邻，是一座宽敞美丽的石砌公馆。医院的房子既小又矮。于是"第二天，26 个穷人（也是病人）住进了主教府，主教大人则搬进了原来的医院"。国家发给他的年薪是 15000 法郎。而他和他的妹妹及女仆，每月的生活开支仅 1000 法郎，其余全部用于慈善事业。那一份由雨果为之详列的开支，他至死没变更过。省里每年都补给主教大人一笔车马费，3000 法郎。在深感每月 1000 法郎的生活开支太少的妹妹和女仆的提醒之下，米里哀主教去将那一笔车马费讨来了。因而遭到了一位小议员的诋毁，针对米里哀主教的车马费问题，他向宗教事务部长打了一份措辞激烈的秘密报告，大行文字攻击之能事。但米里哀主教将那每月 3000 法郎的车马费，又一分不少地用于慈善之事了。他这个教区，有 32 个本堂区，4l 个副本堂区，285 个小区。他去巡视，近处步行，远处骑驴。他待人亲切，和教民促膝谈心，很少说教。这后一点，在我看来，尤其可敬。他是那么关心庄稼的收获和孩子们的教育情况。"他笑起来，像一个小学生。"他嫌恶虚荣。"他对上层社会的人和平民百姓一视同仁。""下车伊始，他从不不顾实际情形胡乱指挥。他总是说：'我们来看看问题出在哪里。'"他为了便于与教民交心而学会了各种南方语言。

一名杀人犯被判死刑，行刑前夜请求祈祷。而本教区的一位神父不屑于为一名杀人犯的灵魂服务。我们的主教大人得知后，没有批评，没有下达什么指示，而是亲自去往监狱，陪了犯人一整夜，安抚他战栗的心。第二天，陪着上囚车，陪着上断头台……

他反对利用"离间计"诱使犯人招供。当他听到了一桩这样的案件，当即发表庄严的质问："那么，在哪里审判国王的检察官先生呢？"

他尤其坚决地反对市侩哲学。逢人打着唯物主义的幌子贩卖市侩哲学，立刻冷嘲热讽，而不顾对方的身份是一名尊贵的议员……

雨果干脆在书的目录中称米里哀主教为"义人",正如泰戈尔称甘地为"圣雄甘地";还干脆将书的一章的标题定为"言行一致",而另一章的标题定为"主教大人的袍子穿得太久了",正如我们共产党人的好干部,从前总是有一件穿得太久了补了又补的衣服……

雨果详而又详地细写主教大人的卧室,它简单得几乎除了一张床另无家具。冬天他还会睡到牛栏里去,为的是节省木柴(价格昂贵),也为了享受牛的体温。而他养的两头奶牛产的奶,一半要送给医院的穷病人。而他夜不闭户,为的是使找他寻求帮助的人免了敲门等待的时间……

他远离某些时髦话题,嫌恶空谈,更不介入无谓的争辩。在他那个时代,诸如王权和教权谁应该更大的问题一直纠缠着辩论家们,正如在中国在我们这个时代姓"资"还是姓"社"的问题曾一直争辩不休。

而米里哀主教最使我们中国人钦服的,也许是这么一点——虽是一位德高望重的主教,却谦卑地认为"我是地上的一条虫"。米里哀主教大人作为一个人,其德行已经接近完美了。雨果塑造他的创作原则,也与我们中国人塑造"样板戏"人物的原则如出一辙而又先于我们,简直该被我们尊称为老师了。

我将告诉我的学生们,那就是经典的理想主义文本了,那就是经典的理想主义文学人物了。

于是，冉·阿让被米里哀主教收留一夜，陪吃了饱饱的一顿晚餐，半夜醒来却偷走了银器，天一亮即被捉住，押解了来让米里哀主教指认，主教却当其面说是自己送给他的，则就一点儿也不奇怪了。主教非但那么说，而且头脑里也这么认为——银器不是我们的，是穷人的，"他"显然是个穷人，所以他只不过是拿走了属于自己的东西而已。

于是，冉·阿让"变成"马德兰先生、马德兰市长以后，德行上那么像另一位米里哀，在雨果笔下也就顺理成章了。其生活俭朴像之，其乐善好施像之，其悲悯心肠像之，其对待沙威警长的人性胸怀像之，总之几乎在一切方面都有另一位米里哀的影子伴随着他。一个米里哀死了，另一个米里哀在《悲惨世界》中继续前者未竟的人道事业。

连沙威也是极端理想主义的——因为绝大多数现实生活中的沙威，其被异化了的"良心"是很不容易醒悟的。即使偶一转变，也只不过是一时一事的。过后在别时别事，仍是沙威们。人性的感召力对于沙威们，从来不可能强大到使他们投河的程度。他们的理念一般是由对人性的反射屏装点着的……

米里哀主教大人死时已80余岁，且已双目失明。他的妹妹一直与他相依为命。雨果在写到他们那种老兄妹关系时，极尽浪漫的、诗化的、圣化的赞美笔触："有爱就不会失去光明。

而且这是何等的爱啊！这是完全用美德铸成的爱！心明就会眼亮。心灵摸索着寻找心灵，并且找到了。这个被找到、被证实的灵魂是个女人。有一只手在支持你，这是她的手；有一张嘴在轻吻你的额头，这是她的嘴；你听见身边呼吸的声音，这是她，一切都得自于她，从她的崇拜到她的怜悯，从不离开你，一种柔弱的甜蜜的力量始终在援助你，一根不屈不挠的芦苇在支持你，伸手可以触及天意，双手可以将它拥抱，有血有肉的上帝，这是多么美妙啊！……她走开时像个梦，回来却是那么真实。你感到温暖扑面而来，那是她来了……女性的最难以形容的声音安慰你，为你填补一个消失的世界……"

有这样一个女人在身旁，雨果写道："主教大人从这一个天堂去了另一个天堂。"

如果忘记一下《悲惨世界》，那么读者肯定会作如是之想：这是《少年维特之烦恼》的炽烈的初恋渴望吧？这是《罗密欧与朱丽叶》中心上人对心上人的痴爱的倾诉吧？

但雨果写的却是80余岁的主教与他70余岁的妹妹之间的感情关系。这是迄今为止，世界文学史上仅有的一对老年兄妹之间的感情关系的绝唱，使我们在被雨果的文字感染的同时，难免会觉得怪怪的。因为在现实生活中，一对老年兄妹或一对老年夫妇，无论他们的感情何等深长，到了七八十岁的时候，也每趋于俗态，甚至会变得只不过像两个在一起玩惯了的儿童……

那么我将告诉我的学生们，那就是浪漫主义的经典文本了。

雨果完成《悲惨世界》时，已然 60 岁。他与某伯爵夫人的柏拉图式的婚外恋情，也已持续了 20 余年。他旅居国外时，她亦追随而至，住在仅与雨果的住地隔一条街的一幢楼里，为的是他可以很方便地见到她。故我简直不能不怀疑，雨果所写，也许更是他自己和她之间的那一种。雨果死时，和他笔下的米里哀主教同寿，都活到了 83 岁。这一偶然性似乎具有神秘性。

《悲惨世界》的创作使命，倘仅仅为塑造两个德行完美的理想人物而已，那么雨果就不是雨果了。这是一部几乎包罗社会万象的书。随后铺展开的，是全景式的法国时代图卷。尤其将巴黎公社起义这一大事件纳入书中，无可争议地证明了雨果毕竟是雨果。

那么，我将告诉我的学生们，那便是现实主义的经典文本了。

我还将告诉我的学生们，在现实主义与理想主义、现实主义与浪漫主义的结合方面，与雨果同时代的全世界的作家中，几乎无人比雨果做得更杰出。

而雨果的理想主义，始终是对美好人性和人道原则的文学立场的理想主义。这是绝不同于一切文学的政治理想主义的一种文本，故是文学的特别值得尊敬的一种品质。

在雨果的理念之中，人道原则是高于一切的。

我极其尊敬这一种理念。无论它体现于文学，还是体现于现实。

我深深地感动于一颗作家的心，对人道原则终生不变的恪守。我的感动，使我不因雨果在这一点上有时过分不遗余力的理想主义激情而臧否于他。如果我未来的学生们中竟有将自己的人生无怨无悔地奉献给文学者，我祈祝他们做得比我这一代作家好……

晚秋读诗

潇潇秋雨后，渐渐天愈凉。

我知道，那也许是今年最后的一场秋雨。傍晚时分，急骤的雨点如一群群黄蜂，齐心协力扑向我家刚擦过的窗。似乎那么仓皇，似乎有万千鸟儿蔽天追啄，于是错将我家当成安全的所在，欲破窗而入躲躲藏藏。又似乎集体地怀着种愠怒，仿佛我曾做过什么对不起它们的事，要进行报复。起码，弄湿我的写字桌，以及桌上的书和纸……

春雨斯文又缠绵，疏而纤且渺漫迷蒙。故唐诗宋词中，每用"细"字形容，每借花草的嫩状衬托。如"随风潜入夜，润物细无声"句；如"东风吹雨细于尘"句；如"天街小雨润如酥"句……而我格外喜欢的，是唐朝诗人李山甫"有时三点两点雨，到处十枝五枝花"句，将春雨的斯文缠绵写到了近乎羞涩的地步，将初蕾悄绽为新花的情景，也描摹得那么春趣盎然，于不经意间用朴素得不能再朴素的文字酿出了一派春醉。

夏雨最多情。如同曾与我们海誓山盟过的一个初恋女子，"情绪"浪漫充沛又任性。"旅行"于东西南北地，过往于六七八月间，每踏雷而来，每乘虹而去。我们思想它时，它却不知云游何处，使我们仰面于天望眼欲穿，企盼有一大朵积雨云从天际飘至；而我们正喜悦于晴日的朗丽之际，倏忽间雷声大作，乌云遮空。于是"天外黑风吹海立，浙东飞雨过江来"。阵雨是夏雨猝探我们的惯常方式。它似乎总是一厢情愿地以此方式表达对我们的牵挂。它从不认为它这种方式带有滋扰性，结果我们由于毫无心理准备，每陷于不知所措，乍惊在心头，呆愕于脸上的窘境。几乎只夏季才有阵雨。倘它一味恣肆地冲动起来，于是"雷声远近连彻夜，大雨倾盆不终朝"；于是"黑云翻墨未遮山，白雨跳珠乱入船"；于是"惊风乱飐芙蓉水，密雨斜侵薜荔墙"，烦得我们一味祈祷"残虹即刻收度雨，杲杲日出曜长空"。当然夏雨也有彬彬而至之时。斯时它的光临平添了夏季的美好，但见"千里稻花应秀色，五更桐叶最佳音"。它彬彬而至之时，又几乎总是在黄昏或夜晚，仿佛宁愿悄悄地来，无声地去。倘来于黄昏，则"墙头雨细垂纤草，水面风回聚落花"；则江边"雨洗平沙静，天衔阔岸纤"，可观"半截云藏峰顶塔"，望"两来船断雨中桥"；则庭中"落花人独立，微雨燕双飞"，可闻"过雨荷花满院香""青草池塘处处蛙"，可觉"墙头语鹊衣犹湿""夏木阴阴正可人"。而山村则"罗汉松遮花里路，美人蕉错雨中棂"。

倘来于夜晚，则"楼外残雷气未平"，则"雨中草色绿堪染"。于是翌日的清晨，虹消雨霁，彩彻云衢，朝霞半缕，网尽一夜风和雨，使人不禁地想说——真好天气！

秋雨凄冷澹寒，易将某种不可言说的伤感，一把把地直往人心里揣。仿佛它竟是耗尽了缠绵的春雨，虚抛了几番浪漫和激情的夏雨，憔悴了一颗雨的清莹之魂，心曲盘桓，自叹幽情苦绪何人知。包罗着万千没结果的苦恋所生的委屈和哀怨，欲说还休欲说还休，于是只有一味地哭泣，哭泣⋯⋯使老父老母格外地惦念儿女；使游子格外地思乡想家；使女人悟到应变得更温柔，以安慰男人的疲惫；使男人油然自省，忏悔和谴责自己曾伤害过女人心地的行为⋯⋯

床前明月光，
疑是地上霜。
举头望明月，
低头思故乡。

一场秋雨一场寒，十场秋雨换上棉。在秋风肃杀、秋雨凄凄的日子里，人心除了伤感，其实往往也会变得对生活、对他人，包括对自己，多一份怜惜和爱护之情。因为可能正是在第二天的早晨，霜白一片雨变冰。于是不日"才见岭头云似盖，已惊岩下雪如尘"。

秋风先行，但见"落叶西风时候，人共青山都瘦"。秋风仿佛秋雨的长姐，其行也匆匆，其色也厉厉。扯拽着秋雨，仿佛要赶在"溪深难受雪，山冻不流云"的冬季之前，向人间替秋雨讨一个说法。尽管秋雨的哀怨，完全是它雨魂中的特征，并非人委屈于它或负心于它的结果。

秋风所至，"萧瑟兮草木摇落而变衰"，直吹得"只有一枝梧叶，不知多少秋声"；直吹得"秋色无远近，出门尽寒山"；直吹得"多少绿荷相倚恨，一时回首背西风"。

在寒秋日子里，读如此这般诗句，使人不禁惜花怜树，怪秋风忒张狂。恨不能展一床接天大被，抵挡秋风的直接袭击。但是若多读唐诗宋词，也不难发现相反意境的佳篇。比如宋代诗人杨万里的《秋凉晚步》：

秋气堪悲未必然，
轻寒正是可人天。
绿池落尽红蕖却，
荷叶犹开最小钱。

家居附近无荷塘，难得于入秋的日子，近睹荷花迟开的胭红本色，以及又有多么小的荷叶自水下浮出，翠翠的仍绿惹人眼。一日散步，想起杨万里的诗，于是蹲在草地，拂开一片亡草的枯黄，蓦地，真切切但见有嫩嫩芊芊的小草，隐蔽地悄生悄长！想必是当年早熟的草籽落地，便本能地生根土中，与节气比赛看，抓紧时日体现出植物的生命形式。寒冬是马上就要来临了。那一茎茎嫩嫩芊芊的小草，其生其长还有什么意义呢？我不禁替它们惆怅。

　　晚秋的阳光，呼着节气最后的些微的暖意普照园林。刚一起身，顿觉眼前有什么美丽的东西漫舞而过。定睛看时，呀，却是一双小小彩蝶。它们小得比蛾子大不了多少。然而的确是一双彩蝶，而非蛾子。颜色如刚孵出的小鸡，灿黄中泛着青绿，翅上皆有漆黑的纹理和釉蓝的斑点儿。

　　斯时满园林"是处红衰翠减"，风定秋空澄净。一双小小彩蝶，就在那暖意微微的晚秋阳光中，翩翩漫漫，忽上忽下，作最后的伴飞伴舞……

　　我一时竟看得呆了。

　　冬季之前，怎么还会有蝶呢？

　　难道它们和那些小草一样，将秋温误作春暖，不合时宜地出生了吗？

　　它们也要与节气比赛似的，也仿佛要抓紧最后的时日，以舞的方式，演绎完它们千古流传的爱情故事。而且，分明地，要尽量在对舞中享受蝶的生命的浪漫！

我呆望它们，倏忽间，内心里倍觉感动。

"最是秋风管闲事，红他枫叶白人头"——人在节气变化之际所容易流露的感伤，说到底，证明人是多么容易悲观啊！这悲观虽然不一定全是做作，但与那小草、小蝶相比，不是每每诉说了太多的自哀自怜吗？

这么一想，心中秋愁顿时化解，一种乐观油然而生。我感激杨万里的诗。感激那些嫩嫩芊芊的小草和那一双美丽的小蝶，它们使我明白——人的心灵，永远应以人自己的达观和乐观来关爱着才对的啊！

人和书的亲情

许多人与书的关系，犹如与至爱亲朋的关系。这么比喻甚至都不够准确——因为他们或她们对书的感情往往深到挚爱深到痴爱的程度。谈起书，这些人爱意绵绵、一往情深，仿佛是在谈人生的第一个恋人、好朋友，或可敬的师长。仿佛书是他们的情人、知己、忘年交……

大约在 30 年前，一个上海女孩儿成了云南插队知青。她可算是知青一代中年龄最小的一个了，才十四五岁。

她是一个秀丽的上海女孩儿，曾被上海电影制片厂的导演邀去试过镜。女孩儿家中有很多书，在失去了那些书之后，女孩儿特别伤心，为那些无辜的书哭过。

然而这女孩儿天生是乐观的，因为她已经读过不少名著了。书中某些优秀的人物，那时就安慰她、开导她，告诉她人逢乱世，襟怀开阔乐观是多么重要。

艰苦的劳动，女孩儿只当是体魄锤炼；村荒地远，女孩儿只当是人生的考验。

女孩儿用歌唱和笑容，以青春的本能向那个时代强调和证明着她的乐观。

但女孩儿也有独自忧郁的时候。对于一个爱看书的女孩儿，哪儿都发现不到一本书的时代，毕竟，该是一个多么寂寞的时代啊！

有次女孩儿被指派去开什么会，傍晚在一家小饭馆讨水喝，非常偶然地，她一眼看到了一本书。那本书在一张竹榻下面。人不爬到竹榻下面去，是拿不到那本书的。

女孩儿的眼睛一看到那本书，目光就再也不能离开它了。那究竟会是一本什么书呢？不管是什么书，总之是一本书啊！

那是一个人人都将粮票看得十分宝贵的年代。

在女孩儿眼里，竹榻下那一本书，简直等于便是 10 斤，不，简直等于便是 100 斤粮票啊！

女孩儿更缺少的是精神的食粮啊！女孩儿的心激动得怦怦跳。女孩儿的眼睛都发亮了！

女孩儿颤抖着声音问："那……是谁的书？……喏，竹榻下面那一本……"

大口大口地吃着饭的男人们放下了碗，男人们擎着酒杯的手僵住了，热闹的划拳行令声停止了……

小饭馆里那时一片肃静，每个人的目光都注视在女孩儿身上——人们似乎已经好几个世纪没听到过"书"这个字了，似乎早已忘了书是什么……

"……竹榻下那一本……谁的？……"

女孩儿一手伸入衣兜，一手指向竹榻下——她打算用兜里仅有的几角钱买下那本书，无论那是一本什么书。而兜里那几角钱，是她的饭钱。为了得到那本书，她宁肯挨饿……

一个男人终于回答她："别管谁的，你若爬到竹榻下拿到手，就归你了！"

女孩儿喜上眉梢，乐了。还有什么可犹豫的呢？

于是，十四五岁的，秀丽的，已是云南插队知青的这一个女孩儿，在众目睽睽之下，当即往土地上一趴，就朝竹榻下面那一本书爬去——云南的竹榻才离地面多高哇，女孩儿根本不顾惜一身干干净净的衣服了，全身匍匐着朝那本书爬去……

当女孩儿手拿着那本书从竹榻下爬出来，站起来，不仅衣服裤子脏了，连脸儿也弄脏了，头发上满是灰……

但是女孩儿的眼睛是更亮晶晶的了，因为她已经将那本书拿在自己手里了呀！

"你们男人可要说话算话！现在，这本书属于我了！……"小饭馆里又是一阵肃静。

女孩儿疑惑了，双手紧紧将书按在胸前，唯恐被人夺去似的……

那一时刻，大男人们脸上的表情，也都变得肃然了……

女孩儿突然一扭身，夺门而出，一口气儿跑出了那小镇，确信身后无人追来才站住看那一本书——书很脏了，书页缺残了，被虫和老鼠咬过了——但那也是宝贵的呀！

那一本书是《青年近卫军》。

女孩儿细心地将那一本书的残页贴补了，爱惜地为它包上了雪白的书皮……

如今，当年的女孩儿已经是妈妈了。她的女儿比当年的她自己还大两岁呢！

她叫林喆，是改革开放后中国为数不多的几位哲学博士中的首位女博士。

她目前在上海社会科学院法学研究所任研究员，而且是法哲学硕士生导师，指导着五名中国新一代的法哲学硕士生呢……

她后来成为博士，不见得和当年那本书有什么直接的关系，甚至可以肯定地说，其实并没有什么直接的关系。

但当年那一个十四五岁的小女孩儿爱书的心情，细想想，不是挺动人的吗？

人之爱书，也是足以爱得很可爱的……

静好的时代

　　读书对人有什么好处呢？某些外国电影中每有这样的对话：一人游说另一人参与某事，另一个问，对我有什么好处？事关好处，老外们喜欢直截了当。所谓好处，当然可以指精神上的。

　　我常被绑架到各种场合劝人读书，我觉得这是一件极尴尬的事情。劝人读书就好像劝一个不喜欢运动的人要坚持健身一样，而我碰到的许多不健身的人经常跟我说，长寿的秘诀就是吸烟、喝酒、不锻炼。你要碰到一个不读书的人，他说，我没有觉得不读书对我有任何损失，事实上你是无语的。因此，我谈的是读闲书。闲书与闲书不同，有的闲书不值一读，有的闲书人文元素的含量颇高。读后一类闲书即使不能益智，起码也能养心怡情。在那样一些场合往往并没有人直截了当地问：读书对我有什么好处？然后我却看得出，几乎所有的人内心里都在这么问。事关好处，国人之大多数仍是羞羞答答的。其实大家心里也都在问，读书究竟对人有什么好处呢？现而今，谁愿意将时间用在对自己什么好处也没有的事上呢？非说"书中自有颜如玉，书中自有黄金屋"，那就等于是忽悠。若说书是知识的海洋，其书恰恰指的不是闲书，而是专业书，而是学科书。若说书能养成气质，无非指的是书卷气，要形成那种气质得读很多的书，而且论到气质，谁又在乎自己书卷气的有无呢？分明当下更令人肃然起敬的是官气和财气，谁敢说官气和财气就不属于气质呢？要知天下事，看报、看电视、上网就可以了。凤凰卫视有一档节目便是《天下被网罗》，专门报道网络新闻，何必读闲书呢？要了解历史吗？网上的史实资料足可以满足一般人对史的兴趣。都说读书的人会有别种幽默感，但目前中国人最不缺乏的就是幽默感，微博、短信每天互夸的幽默段子不是已经快令国人餍足了吗？

那读书究竟对人有没有好处呢？我个人觉得，如果一个人自觉地摆正自己是人类一员的位置，就好回答。因为文字的产生开启了人类真正的历史，同时派生了传播知识思想和信仰的书籍。工具的发明只不过使人类比其他动物在进化的长征中跃进第一步，运用工具使人类的智商在生物链上独占鳌头。但是，如果没有书籍的引导，人类只不过是地球上智商最高，但也最狡猾、最凶残的动物。世界上没有其他动物像曾经的人类那样，以蚕食自己的同类为乐。地球上只有人吃人才载歌载舞。书籍是人类最早的上帝，教我们的祖先有所敬畏、忏悔和警戒。读书，世界读书节，是体现人类对书籍感恩的虔诚心。

为什么一个国家读书人口的多少也标志着该国的文明程度呢？因为读书不但需要闲暇的时间，同时需要人在那一时段有静好的心情。有些事人在不好的心情下也可以做，比如饮酒、吸烟、听音乐。有些事会使人产生好心情，但不见得是一种又沉静又良好的心情，甚至可能是一种失态、变态、庸俗的所谓好心情，比如集体的娱乐狂欢，比如成为动物斗场上的看客。对于人，只有一种事能使人处于沉静又良好的心情，沉静到往往可以长久地保持一种姿态，忘了时间，达到一种因为自己的心情沉静了，似乎整个世界都沉静下来的程度。找到一种内心里仿佛阳光普照，或者清泉凉凉流淌，或有炉火散发着中意的暖度。细细想来，这么一种又沉静又良好的时光，迄今为止，除了是读书的时光，几乎还是读书的时光。当然，指的是读好书。一个时代、一个社会将读书当成享受的人多了，证明它留给人的闲暇的时光是充足的，体现了高层面的人性化，同时证明人心较良好的状态是常态。失业者的闲暇时光也是有的，但如果长期失业，他们会因那样被闲暇而脾气暴躁，希望他享受读书时光的静好，是站着说话不腰疼。故读书人口多了，间接证明一个时代、一个社会本身是静好的时代、静好的社会、静好的国家。反之反证。

数字阅读的时代来临，是否意味着人类将会告别读书这一古老而良好的习惯呢？有人断言那是早晚的事，最快50年后便成现实。我认为不会，起码100年后还不会。100年后的地球怎样呢？没谁说得准。为什么不会呢？因为人与书籍的亲情对于一部分读书的人类而言，早已成为基因，成了DNA的一部分。小海龟一出壳就会朝向海边爬，有读书习惯的人类的后代，往往两三岁的时候就会本能地将带图带字的书籍往父母手中塞，小孩子与书籍的亲情是父母日常习惯示范的结果。一位母亲给自己的孩子读书上的好故事，永远是人类的美好亲情。不管水平多高的朗读者的录音，起初都比不上坐在孩子身边的母亲捧书亲读。人长大以后一般不会牢记偎在妈妈怀里吃奶的细节，但听母亲给自己读书的温馨往往会成为终身的记忆。只要有携带读书基因的父母，人类的读书种子便会一代代繁衍不息，写书的人、出版者、发行者、图书馆工作人员，是为这样一些人服务的。后一种人某一历史时期会少，但永不会绝种。数字书籍与纸质书籍并非前者灭后者的关系，而有时也应该是相得益彰的关系。

一位母亲教自己两三岁的孩子用手机或平板电脑，这种情形不论是画、是摄影，在我看来是可怕的，会使我做噩梦，梦到外星人变成了人类的母亲，而将人类真正的母亲给害死了。今天的广告创意者是多有才能呢？为什么从没有人推崇过以上情形的广告：就是一位母亲在教自己两三岁的孩子看手机，对吧？因为那也许将遭到集体的抗议甚至起诉，罪名是企图异化人类后代，使人类从基因上变种。

博客很快就被微博抢了风头，微博时代如今已分明是强弩之末，海量的段子令人眼花缭乱，这个情形似乎已经过去，人们转发的兴致已经不那么高了。原来的时候我有明确的感觉，我在初用手机的时候每天都得转发个段子。后来我碰到转发的人，问，你们怎么不转发给我了？他自己有一点索然了，因为太多了，他已经转发过一年的光景了，他玩腻了。微博是什么呢？微博最使人刮目相看的是传播消息的速度，远快过报刊、广播、电视。但人类不是仅仅靠知道一些事才感觉到自己存在，人类还要知道某些人为什么成为那样一些人，某些事为什么会发生，更要知道自己属于哪种人、什么人，如果想要改变，怎样改变。人生苦短，应当活出几分清醒，唯有书籍能助人达成此点。电脑功亏一篑，而手机不能，甚至恰恰相反。

我跟我的研究生谈过一次话，因为她是眼睛红着在跟我谈论文，我问昨天晚上干什么了，她说昨天晚上在网上阅读了。我问几个小时，她说三个小时到四个小时。我问她一直在网上阅读老师给她留下的书目的那些文章吗？她说不是，半个小时之后她想轻松一下。我说半个小时之后，又之后呢？她说又之后她就下不来了，就去看别的了。我不太相信，有人在网上读雨果的《悲惨世界》，读托尔斯泰的《战争与和平》，读《追忆似水年华》。好多名著不可能都是在网上读的，所有那些在网上阅读的人，十之七八是忽悠我们，他在冒充读书人。

我建议小学五、六年级的学生应该像断奶那样告别给儿童的文字故事，开始读少年故事，而初中生应该开始读青年故事，高中生应该开始读一切内容健康的正能量的成人书籍。总之，读书这件事起码要超越实际年龄两三岁，否则谈不上益智，怡情也太迟了，怡心则成马后炮。我认为对于今日之儿童少年，怡情、怡心比益智、励志更重要。我们现在到处看到的励志，都想让大家成为大款，我们的儿童、我们的孩子们似乎只剩下了这么一种志向。一个智商较高但缺乏人性之美的人，即使外表再帅再靓，也很难是可爱的、令人敬佩的。谁不希望自己是可爱的呢？这是我们人作为人的底线，读书能使我们保持这种底线。

故我建议当下的中国男性也应该多读一些出自女性笔下的文章、文学作品、书籍。我的阅读体会是汉文字在当代女性笔下呈现的种种优美似乎超过了男人，不但喜读而且爱写的中国当代女性向汉文字、汉词汇中注入了前所未有的灵动、俊美的气息。同样，我也建议当下之中国少女、姑娘读一些男人笔下的文章、文学作品，这里主要讲散文、杂文、随笔以及较有思想含量的书籍。这年头知识泛滥，而思想，对于中国人却又是弥足珍贵的。如果当下之中国女性仅仅陶醉于自己是极感性的动物，是我们这个时代的悲哀，毕竟女性是半边天。如果我们对这个时代不中意，改变它是男女共同的事业，而改变时代也需要靠思想。

我建议人们吸收中国传统文化思想时应取这样一种态度，如果说世界是地球村，那么文化思想，不论东方的、西方的，首先都是人类的。将传统文化思想当成盾，企图用以抵挡西方文化的心理，是我所反对的。我赞成各美其美、美人之美、美美与共的文化态度。阅读使女性变美，会使美女更美。我们看绘画史就知道，西方的油画史中多次画到阅读中的各种年龄的女性，而且既然进入了美术史，既然成为经典，一直到现在被人们欣赏而不厌倦，那就证明她真的是美的，再也没有比人类在阅读的时候的姿态更美的了。尤其对于女性，我个人觉得有四种姿态是最美的：第一就是阅读时的女性；第二就是哺乳着的年轻的母亲；第三就是恋爱中的女孩儿，哪怕她手持一枚蒲公英在遐想；第四就是白发苍苍的老妪闲坐在家门口的那样一种安适，我觉得这是非常非常美的。

谈到读书对人究竟有什么好处，我想举我自己的一个例子，就是我在下乡之前或在"文革"之前看过托尔斯泰的一个短篇，叫作《舞会以后》，讲的是在要塞中做上尉副官的主人公伊凡爱上了司令官的女儿，那姑娘相当俊美。有一天，这个司令官的花园里正举行派对，绅男淑女在月光下，挽着手臂浪漫地谈诗，谈爱情，谈崇高的情操，谈人格的力量等等。而就在花园的另一端，在施行着鞭笞，在鞭打一名开小差的士兵，因为他回家去看了自己生病的孩子。这时就有了伊凡和司令官女儿的对话。他问那女孩为什么，女孩告诉他原委。他说："你去替我请求你的父亲可以终止了，因为我已经暗数了鞭笞的次数。"那女孩说："不，我不能，这是我父亲的工作，他在执行他的工作，以后你如果成为我们家庭的一员，你应该习惯这一点。"伊凡吻了她的手之后告辞了，他在心里面对自己说："上帝啊，哪怕她是仙女下凡，我也不能爱这样的女孩。"这样的女孩之可怕就在于，我们从二战中的一些资料中可以看到，在屠杀犹太人的时候，纳粹军官和他的妻子孩子们可能正在领导督察，显示出德国上流社会的某种姿态。

一个人在他少年的时候读到这样的书，这书肯定影响了他的心灵，这使我有资格对外国记者们说——当他们来采访我的时候问，你在"文革"中的表现的时候——对不起先生们，你们选错了人，我正是在"文革"中知道怎样去关怀人、同情人，暗中给人一点温暖。

关于读书那些事

依我想来，人和书的关系，大抵可分为如下的四个阶段——童年时听故事的阶段，少年时看连环画的阶段，青年时读小说的阶段，中年时读书范围广泛的阶段。由此，以后成了一个终身具有读书习惯的人。

童年时居然不喜欢听故事的人不是没有，有也极少。不喜欢听故事的儿童基本分为两类——一类不幸是先天的智障儿童；另一类属于天才儿童，自幼表现出对某方面事情异常强烈的兴趣，如音乐、绘画、科学问题，所以连对故事都不感兴趣了。实际上，这样的儿童几乎没有，不喜欢听故事不符合儿童的天性。情况往往是这样——大人们主要是他们的家长们，一经发现他们对某方面的事情表现出异常强烈的兴趣，便着力于对他们进行专门知识和能力的培养，以期使他们在某方面成为日后的佼佼者。

目的能否达到呢？应该说，能的。

毕加索和莫扎特都是如此培养成功的。

在中国古代，皇族的后裔基本是听不到故事的。一个孩子一旦被确立为第一皇权接班人，那么他就被专门的教育"管道"和方法所框入了。在那种"管道"里没有故事，只有大人们希望他们获得的知识和经验。

但此种示范若成为一个国家学龄前教育的圭臬，对整个国家是不幸的。《红楼梦》中有一个情节是——宝玉因偷看闲书而误了"家学"作业，受到惩罚。可以想见，宝玉的童年是不大听得到什么故事的。他是贵族子弟，对他所进行的教育也是以贵族对后裔的教育为圭臬。进而言之，一切希望自己的子弟有出息的贵族之家、商贾之家、书香之家乃至平民之家，都是那么对子弟进行教育的。教育目的也只有一个——使子弟们成为"服官政"的人。

这种教育，一方面为国家培养了一批批符合皇权要求的"干部"，另一方面使国家产生了一批批能诗善赋，个个堪称语言大师的诗人，于是中国的诗词成果丰富。

而这对中国造成的负面影响也值得深刻反思——自然科学几乎停止了发展，现代哲学毫无建树，工业创造力远远落后于别国，使中国在近代的世界成了一个大而弱的国——人弱了。

所以，我们得到的具有教训性的答案是——对于任何一个国家，不喜欢听故事的儿童多了，肯定地，绝不是好事。值得重视的仅仅是，哪些故事才是大人应该多多讲给孩子们听的好故事。只要是应该讲给孩子们听的好故事，何必分外国的还是中国的？那些在此点上首先强调外国中国之分的文化保守主义者，十之八九是伪人。他们明里鼓噪只有中国文化才适合中国人，暗地里却千方百计地要将儿女送出国去。

不说他们了吧。

接着说人和书的关系——喜欢听故事的学龄前儿童识字以后，会本能地找书来看，于是人类的社会就产生了"小人书"。"小人书"是特中国的说法，外国的说法是童话书，意为用儿童话讲给儿童听的故事书。"小人书"也罢，"童话书"也罢，都是大人们的文化给予现象。大人们的给予，也是社会的给予，这是人类社会的特高级的现象。从本质上看，却并非唯人类才有的代际现象，在具有族群依属本能和社会性的动物之间，类似的代际责任表现得不亚于人类——如在象、猩猩、狒狒、猴和非洲鬣狗的家族以及雁、天鹅、企鹅们的"社会"中，代际间的族群规矩和生存经验的"教育"之道，亦每令人类感动和叹服。只不过在人类看来，它们对下一代的"教育"不具有文化性。

但，具有文化性或不具有文化性，是人类的看法。在动物们那里，其实未必不是族群文化。

民国前的中国，有蒙学书，没有以插图为主的"小人书"。《三字经》《千字文》《弟子规》《龙文鞭影》《幼学琼林》一类蒙学书，以文为主，故事基本是典故，侧重知识灌输和品德教化，忽视满足孩子们对童话故事的兴趣。在相当漫长的历史时期内，《夸父逐日》《精卫填海》等神话传说及《山海经》中的某些内容，便是那时孩子所能听到的故事了。《海的女儿》《丑小鸭》《卖火柴的小女孩》《尼尔斯骑鹅旅行记》《狐狸列那》之类童话，在民国前的中国是不曾产生的。

"小人书"并不就是连环画的民间说法。在中国，"小人书"曾专指给小孩子看的书。民国前的中国虽早已有绘本小说，却还根本没有严格意义上的连环画。其1930年前后才在上海逐渐出现。所以，上海，对此后的中国孩子们是有特殊贡献的。连环画产生后，"小人书"和连环画，开始混为一谈了。

从内容比例上讲，连环画的成人故事比儿童故事多得多。也可以说，连环画并不是专为儿童出版的书籍，但事实上获得了青少年的欢迎。胡适、陈独秀、钱玄同们，当年都很重视连环画对青少年们的文化影响，曾同心同德地为当地的青少年们选编适合于出版为连环画的中国故事。

一个孩子成了小学四五年级学生，其阅读兴趣会大大提升。于是，连环画成为他们与书籍产生亲密关系的媒介。他们会主动寻找连环画看。他们已不再仅仅是喜欢听故事的"小人儿"，也是喜欢"看故事"的未来的"读书种子"了。

少男少女喜欢看连环画的兴趣，往往会持续到18岁以后。一过18岁，便是青年了。青年们的阅读兴趣，会自然而然地转移向成人书籍。首先吸引他们的，大抵是文学书籍——诗集、散文集、中短篇小说集、长篇小说，因人而异地受到他们的关注。

除了有志于成为童话作家，若一个青年仍迷恋于阅读童话，难免会被视为异常。但，一个青年很可能在喜欢阅读文学书籍的同时，仍对连环画保持不减的喜欢程度。见到文字的文学性较高，绘画又很精美的连环画，每爱不释手。他们是文学书籍的忠实读者的同时，往往也会成为连环画的收藏者。这乃因为，他们对某部文学作品发生兴趣，起初是由于看了与那部文学作品同名的连环画，不但记住了作品之名，还牢牢记住了作家之名——比如我自己，是先看了《拜伦传》《雪莱传》这样的连环画后，才找来他们的诗集看的。也是看了连环画《卡尔·马克思》后，才对海涅的诗产生兴趣的。身为青年而爱好收藏连环画，从文化心理上分析，不无对连环画的感恩情愫。

青年是人生较长的年龄阶段。往长了说，18岁以后到40岁以前，都可谓青年。在这20多年里，不少人会因为当年对文学书籍的情有独钟，而成为小说家、散文家、诗人或文学评论家、理论家。如果他们喜欢校园生活，也很可能会成为大学里的中文教授。

若他们在人生最宝贵的20多年里，阅读兴趣发生了变化，由文学而转向了哲学、史学、政治学或其他人文社会学方面，往往会成为那些方面的学者。即使后来成了政治人士或走上了科研道路、艺术道路，20多年里对读书这件事的热爱，肯定会使他们的事业和人生受益无穷。即使他或她终生平凡，那也会在做儿女，做丈夫、妻子、父亲、母亲和朋友方面，做得更好一些。起码，一个少年时期看过不少连环画，青年时期读过不少文学作品的父母、祖父母、外祖父母，能讲一些对儿童和少年的心智有益的故事给自己的儿女、孙儿女或外孙儿女听，而那不但会给他们留下美好的记忆，也是自己多么美好的天伦之乐呢！即使一个人40岁以后，由于各种人生境况的压力，不再有机会读所谓"闲书"了，而他或她终于退休了，晚年生活相对稳定了，读书往往仍会成为重新"找回"的爱好之一。养生、健身、唱歌、听音乐、跳广场舞、旅游、练书法、学绘画，自然都是能使晚年生活丰富多彩的事，再加上喜欢读书这件事，晚年生活将会动静结合，更加充实。

在我是中学生的年代，20世纪60年代初，全中国出版的著名的长篇小说也就二十几部，全中国著名诗人也就十几位、著名的散文家只不过几位，包括外国文学作品在内，一个爱读书的青年所能看到的书籍，加起来五六十部而已。当年，新华书店里是见不到西方哲学类和史学类书籍的，中国古代文学类文化类书籍也无踪影，除了一套《十万个为什么》，再就难得一见科普书籍——像我这样的从少年时起就酷爱读书并在"文革"中上过大学的人，直至80年代后期才知道林语堂、张爱玲、徐志摩、沈从文的名字，才开始读他们的书——从前，接受外国记者采访时，因被问到对他们的诗、小说的看法，陷入过尴尬。

当年，有几部中国小说发行量超过百万册，而中国当年7.5亿人口，这意味着——如果一所中学有1500名学生，那也只不过仅有十几人可能买了一部发行百万以上的书。读过的人会多些，肯定多不到哪儿去。当年，各省市重点中学的读书氛围相对较浓，一般中学几乎没有读书氛围可言。如我所在的中学，全校也就几名喜欢读书的学生，他们全都认识我，因为我与他们之间每每互相借书看。

在城市，在底层，在我这一代中，小时候听父母讲过故事的人是极少极少的。我们虽出生在城市，但我们的父母都曾是农家儿女。我们的是农家儿女的父母，未见得肚子里没有故事。农村是中国民间故事的集散地，他们肚子里怎么会没有点儿故事呢？但他们一经成了城里人，终日感受着城市生活多于农村生活的压力，哪里还会有给自己的小儿女讲故事的闲心呢？所以，如果一个底层人家没收音机，也没有喜欢读书的大儿大女往家借书，那么不论这一户人家有多少个儿女，几乎全都会与书绝缘。与当年的农村孩子们相比，城市底层人家的孩子们的成长底色，反而更加寡趣。鲁迅小时候看社戏的经历，我们肯定是没有的。"拉大锯、扯大锯，姥姥门口唱大戏"，这种农村童谣，对于城市底层人家的孩子，如同听梦话。我是比较幸运的，小时候听母亲讲过故事；四五年级时，哥哥不断往家中带回成人小说；即使在"文革"中，我家所住那一片社区，居然仍有几处小人书铺存在着。而我的同学们，却只听过比他们大的孩子所讲的故事，或听我当年讲故事给他们听——这是他们当年喜欢和我在一起的原因之一。

如今，沉思人与读书这件事的关系时，我头脑中每会产生这样一个问题——倘若当年中国喜欢读书的青年较多，比如多至十之五六；并且，所读不仅是"红色书籍"，也普遍读过一些西方文学名著，那么，即使"文革"照样发生，暴力的事是否会少一些呢？

如今，对于绝大多数中国青年，花四五十元买一部书看，已经根本不是想买而买不起的事了。中国的读书人口之比例，在世界上却还是排在很后边。

为什么某些国家读书人口多，爱读书的人每年读过的书也多呢？这乃因为，在那些国家，城市人口的比例甚高，农村人口仅占百分之几。即使那百分之几，文化程度也高，大抵都能达到高中水平。还因为，那些国家城市人口的城市化历史悠久。不少城市人家，几可谓"古老"的城市家族，城市居住史每可上溯到十代以前。一般的城市人家，城市居住史也大抵在五六代以前。在没有收音机和电视机的年代，读书看报成为人们打发闲暇时光的主要方式。代代影响之后，书与报既成了城市基因，也成了人的记忆基因，如同小海龟甫一出壳，必然会朝海的方向爬去。我们中国人对基因现象有一个认识误区，以为主要体现在生理方面。实则不然，人的基因现象也体现于"灵之记忆"。若一个家族的几代人口都是喜欢读书的人，那么下一代在胎儿的时候，大脑中便开始形成关于书的遗传"信息"了。也就是说，"精神"在生理现象方面也可变为"物质"，家风可以变为后代的遗传基因。胎儿出生后，成长期继续受喜读书之家风影响，日后自然会是一个读书成习的人。先天基因加上后天影响，那是多么"顽固"的作用啊！这样的一个人，除非弄死他，否则他对书的好感终生难改，正如除非毒死一只小海龟，否则无法阻止它爬向大海。收音机出现后，报的销量有所下滑，读书人口反而上升了。因为收音机也使关于书的信息广为传播。电视机、电脑、手机出现后，一些国家人的读书兴趣也会大受影响，但他们很快又会从沉湎中自拔，因为喜读基因在继续发生作用。还有一点也应一提——在他们的国家，孩子们喜闻乐见的童书极为丰富多彩，起码从前是那样。因而一个事实是，不论一个时代怎么变，相对于人的精神的新现象多么地层出不穷，那些国家的读书人口都会保持在一个比较稳定的水平。

中国的情况很不同，中国的城市人口刚刚超过农村人口一点点。在漫长的历史时期，农村的所谓"耕读之家"是稀少人家，大多数农村人口是文盲。1949年后，农村的文盲人口一年比一年少了，至今，可以说到了稀少的程度。但许多农村却又变成了"空心"农村，青年们皆进城打工去了，农村完全没有了读书氛围，"农家书屋"只不过成了一厢情愿的概念性存在。在城市里，我这一代人的父母大抵便是农民，他们的一生，是为家庭终日辛劳的人生，不可能有闲情逸致亲近书籍；何况他们多是文盲。我们的父母既然如此，我们也就不可能从小受到什么读书氛围的影响。而我这一代人本身，大多数是命运跌宕的人——"饥饿年代""文革""上山下乡""返城待业"，有了工作不久又面临"下岗"……凡是对人生构成严重干扰的事，我这一代都"赶上"了——要求这样的一代人是有读书习惯的人，实可谓"站着说话不嫌腰疼"。何况，这一代人还经历过十一二年举国无书可读的时期，那正是人最容易与书发生亲密关系的年龄。

所幸，20世纪80年代开始，中国极快速地扭转了无书之国的局面，遂使我这一代中的极少数幸运者，得以与书建立"晚婚"般的亲密关系。虽晚，毕竟幸运。不但自己幸运，也促进了下一代与书的关系，对下一代便也幸运。而我这一代的大多数，不但错过了与书的"恋爱"年龄，后来也难以与书建立"晚婚"关系，下一代对书的态度便也如父母般淡漠。

我这一代的下一代被统称为"80后"——他们是在电视文化的背景之下成长起来的。不久又置身于电脑文化、手机文化、碎片文化、娱乐文化的泡沫之中。总体而言，他们在声像文化的时代长大成人，大抵一无基因决定，二无家风熏陶，对书籍缺乏兴趣，实属必然。

前边提到，在某些国家，在漫长的时期，读书是人们打发"闲暇"时光的习惯。但如今之"80后"，多数也已成了父母，上有老、下有小，生活压力甚大。而且，他们都被迫成了加班一族，多数人每天工作十一二个小时，早出晚归甚而夜归，除了天数多的节假，平日哪里有什么"闲暇"时光？故他们即使有读书心愿，实际上也难以实现。眼见得，"90后"甫一参加工作，很快也成了像"80后"一样的"辛苦人"。

前几年，《政府工作报告》中，曾号召"构建书香社会"。在全世界，唯中国政府一再鼓励人们读书，足见多么重视。"农家书屋"、"职工书屋"、校园读书月、街头爱心图书亭，愿望都很良好，目的只有一个，使读书之事，逐渐成为人的基因、城市的基因、整个国家的文化基因之一，以期使中国在社会肌理方面，能够自然而然地呈现出人人都感受得到的文化气质。

但，读书习惯是有前提的。倘人们一年三百六十几天中闲暇时光甚少，大抵是无法养成读书习惯的——神仙也难做到。而此前提，非个人所能心想事成。今日之中国，是到处加班加点的中国，仿佛不如此，中国之方方面面就会停摆似的。政府短时期内改变不了此种局面，"构建书香社会"的口号也就只有不再提了。

我们不妨推演一下——如果，从某年开始，普遍的中国城市人口（强调城市人口，乃因农村的实际居住人口，不可能与书发生多么亲密的关系），也享有相当充分的闲暇时光了，喜欢读书的人是否便会多了起来呢？

答案是肯定的——当然会。但，不会明显多起来。

中国是一个从物质平均主义演变为贫富悬殊的国家，而曾经的物质平均主义时代，使人们对于贫富差距异乎寻常地敏感，并由此产生了心理贫穷现象——虽然我的生活水平已大大改善了，可有人却过上了比我好得多的日子！于是愤懑与痛苦无药可医，也不是社会分配措施所能一下子抚平的。又于是，全社会笼罩在物质和金钱崇拜的价值阴霾之下，由此而导致几乎与一切生活方面有关的实利主义态度。

"读书对我究竟有什么好处？"

"不读书对我究竟有什么损失？"

这两个正反归一的问题，委实难以极有说服力地回答得明明白白。何况，以上问题中的好处，是指立竿见影的好处；以上问题中的损失，是指傻子都不会怀疑的损失。那么，问题就更难以回答了。

而我想告诉世人的一个真相是——你是普通人吗？如果你是，那么读书一事，恰恰是可以改变普通人命运的事。进而言之，书籍是引导普通人不自甘平庸的、成本最低的，也最对得起爱读书的普通人的良师益友。普通人，特别是底层的普通青年，除了此一良师益友，还能结识另外的哪类良师益友呢？即使你头悬梁锥刺股地考上了名牌大学，甚至是国外的名牌大学，一踏入社会成为职场人，不久你便会发现，其实社会不仅认学历、能力，更认关系、家庭背景以及由此构成的小圈子，而那正是你没有的，所以你很可能照样成为那一层级上的失意人。

君不见，在这个世界上，某些人不读所谓"闲书"根本不对其人生构成任何损失。特朗普的女儿和女婿便是那样的"某些人"，全世界各个国家都有那样的"某些人"，中国最多。即使他们，如果同时还是喜欢读书的人，也会进而成为"某些人"中显然的优秀者。

君不见，在这个世界上，另外的"某些人"起初只不过是普普通通的记者、科研人员、园艺师、教师，但后来，忽然成了社会学学者、科普作家、专写植物或动物趣事的儿童文学作家、史学家或哲学家——而此种变化，不仅提升了个人的人生价值，对社会也做出了超职业的贡献。

他们的变皆与爱读闲书有关。

说到底，爱读所谓闲书，表明一个人保持着对职业关系以外的多种知识不泯的获得欲望和探究热忱。否则，其变不可能也。

另一个真相乃是——人类的社会中从没有过这样的事——某人从少年时便喜欢读书，二十几年中爱好未变，但书籍对他的心智和人生却丝毫也没发生正面影响。

是的——古今中外，无人能举出这样的例子。但请别拿古代科举制下的中国读书人说事，那不是人和书的正常关系。

谁能举出一个驳我的例子来？

读书与人生 ——在清华大学的演讲

男生在我们北京语言大学是稀有元素。在新生入学的时候，我们老师之间都会互相询问：有几个男生？我班上男生最多的时候也没有超过十个，最少的时候只有三四个。这是由我们大学的学科结构性质所决定的。

坐在台上，心生悔意。原因有两个。一个是文学这个话题越来越是一个"小众"的话题，读书在中国也是一个越来越"边缘"的话题。我们的人口越来越多，我们读书的人口最近几年的统计却不是上升，而是下降。尤其是 2002 年我调到北京语言大学之后，在我这儿，文学的话题由于我的职责所要求，变成一个越来越专业性的话题。这就好比请演艺界的人士坐在台上，如果谈演艺以外的事情，谈初恋与失恋，谈逸事与绯闻，谈其他种种爱好、血型、星座，显然都是饶有趣味的话题。但无论是搞音乐、美术，还是搞表演的，如果要他们把话题变成相当专业的，那有时是很沉重的。可是我越来越把文学作为很专业的问题来谈。所以我记得在上学期的时候，组织学生连续欣赏了一些电影。我班上的学生会说"老师，我不喜欢看这部电影"，或者"我不喜欢看那部电影"，当即遭到我的极严肃的批评。首先我认为这不应该是中文系专业学生说出来的话。其他专业的人可以这样说，大学校园以外的人也可以这样说，但是中文系的学生学的是欣赏、创作与评论，在中文系里是你必须看什么，学科要求你看什么，而不是你喜欢看什么。正因为这样，我记得 26 号上课时，我们的副院长找我有事，他在门口听了 20 分钟，然后下课时对我说："老师和老师讲课的风格真是不一样，我听了，你课堂里那么安静。"那不是因为我讲课的水平多高，大家很投入，我看了全班 50 多张同学的脸，甚至觉得对不起他们，因为我觉得他们需要笑。我们这个有十几亿人口的国家，大众是那么地需要笑。恐怕在世界上，我们这个民族的笑肌是相当发达的，可是在大学里，有时候不仅要制造笑声和掌声，还需要激发思想本能。因此，我经常问我的学生们是否觉得压抑，是否觉得我在心理上虐待了他们。也因此，更多时候，撇开我上课的时间，我尽量不讲文学的话。

另一个原因是最近身体太不好，24 号在民族文化宫给北京的业余作者们谈文学，25 号参加我们中国民主同盟的常委会，26号从会上回到学校去上课。当然，我有足够的理由取消学校的那堂课或者少准备一次课，但是，我想本学期刚开始，我不过才上了三堂课，第四堂课就调课或者取消，接着就是"十一"国庆节假期，那么我所讲的内容就全部中断了，尽管那天我身体也不好。回来27号再开会，昨天回到家里的时候已经很晚了。这个日子正是我的同行们在美国访问的时候，因为我身体不好，就没有和同行们一起去。基于这两种情况，我一路"打的"过来的时候，心里有一些后悔。

但为什么我又坐在这里了呢？这是由于下面的事情所导致的。国家图书馆启动了一次活动，关于全民读书活动，要由公众推选出优秀的书目，科技类的、哲学类的、实用类的以及文学类的，还聘请了诸多的评委。国家图书馆的副馆长陈力先生不仅是我们民主同盟的一位盟友，也是文化委员会的副主任，他强烈要求我来做评委。我身为文化委员会的主任，必须和副主任保持和谐的关系，所以我说没有问题。在委员会中，我认识了胡老师，胡老师听了我一番话之后，说："你能不能到清华来给我们的同学谈一次？"评委和评委之间也要有和谐的双边关系，因此我就坐在这里了。因此给我的感受就是，在我们这样一个人口众多的国家里，如果提倡和谐的话，就意味着首先必须有一部分人做出双边的和谐表示。

我在评委会上谈到一个什么话题呢？大家讨论到要在人

民大会堂对优秀的读者给予最隆重的颁奖。我有一个建议,就是同时征集公众的读书随想、评论。不计长短,如果有好的文章,我们评奖之后,也要予以奖励。我个人认为,读书活动首先在于调动公众来读书的热忱,而不是在于评出多少部优秀的书,促进读书的活动实在是太少了。同时我还谈到,以我的眼来看,近当代以来我们中国的文化历程是很值得反省的。在此之前,27号有关部门希望我参加一个海内外的华人艺术家活动,畅谈我们5000年灿烂的中华文化。当然这个活动是必要的,动机也绝对是良好的。我也确实想在这样的会上做发言,因为有些话我早就想说了。我对于我们国家近当代的文化形成的步骤是持质疑和批评态度的。我想以一种赤子之心,真诚地、谦恭地、低调地,尝试着能不能把我的质疑和批评的态度讲出来。但后来我看通知,主要是从正面来谈我们的凝聚力,我就不去参加了。

我为什么会有这样的想法呢?如果把我们的文化和西方的文化做一番对比,我们应该得出这样的客观结论,那就是人文在西方,自从它成为一种主义,已经近200年。在西方,对于人文主义几乎是天天讲,月月讲,年年讲,一直讲了200年,现在还在讲。也就是说,当美国人拍出《指环王》给全世界的孩子们看的时候,我们的孩子只从中看到了电子制作的场面;而美国的家长说,我让孩子看电影,因为那部电影里有责任感。美国人从来没有放弃对下一代人的责任感教育。他们的责任感往往是膨胀的——从前是解放、拯救美利坚，然后是拯救人类。他们一直在用美国式的英雄主义教育他们的青年；而这些在我们这里仅作为一部影片是看不到的。我们在1949年后是什么情况呢？索性再往前说，"五四"之后是什么情况呢？在我们的传统文化中，应该说关于人文主义的元素也是相当丰富的。有些先贤的话语至今依然是经典。但是五四运动有正反两个效果——正效果就是将西方的现代文明的思想理念直接引入中国，和我们的传统文化发生碰撞，激活我们传统文化中的人文思想；而负效果就是我们同时也引进了一系列猛药。比如说，我一直持否定态度的，那就是尼采。在"五四"时期，无论是康有为还是鲁迅先生，都曾经把尼采当作一个思想明星来介绍给我们广大的青年。我很认真地看过尼采的学说，我认为在尼采学说中最要命的一点是反人类、反众生，也就是说他提出的所谓超人哲学。这样一本小册子后来成为德国士兵在二战时背包里的书毫不奇怪。当我们引进这样一些思想猛药时，我们的传统文化都变成了排泄物。那种由自己国家的知识分子来对自己数千年的文明提出全盘否定的思想是我所不能接受的。当然我们也看到在"五四"以后我们民族的知识分子处于一种运动后的文化反思。这时大家开始寻找"扬弃"的准则。而就是这时期，我们国家经历了深重的民族灾难，那是由日本造成的。我们再考察日本这个民族。我和一些研究日本问题的专家学者谈到过，有些还是欧洲的学者，他们谈到日本时用崇拜之心看日本文化。他们说看他们的茶道、他们的插花和歌舞伎，我说你们也要看他们的武士道。插花、茶道、歌舞伎加起来，只不过是时尚和高级的民俗，根本不能构成一个民族文化的人文积淀。日本近五百年文化中的人文思想有相当一部分是从我们的文化中学去的。当然，我们也在近代从日本以迂回的方式引进了西方的先进文化。但是日本的武士道才是他们的男人之道，而且是一种邪恶之道。我们一下子面临这样一个强大的敌人，而这个民族是没有人文主义文化背景的。因此就有了十四年抗战。

1949年中华人民共和国成立了。那时这个国家千疮百孔，根本来不及进行文化重建和组合。在1949年之后，作为国家的文化思想，体现在一系列文学作品中，很主要的成分是宣传斗争的思想。我们也在天天讲，月月讲，年年讲，一讲讲了17年，然后又有"文化大革命"的10年。这27年在中国只不过有那么20余部长篇小说而已，这其中又十之七八是革命历史题材。因此，我们几乎举不出多少部这27年中的当代文学的文本。关于农村题材，我们只有《艳阳天》《山乡巨变》；关于工业题材，也只有《铁水奔流》；当年只有一部青年题材的长篇小说《青春万岁》，却没有自己的经典童话。给少年看的，也只能是《刘文学》。《刘文学》这部话剧是根据发生在四川的一件真事创作的。刘文学是农村的一名少先队员。他有一天晚上在公社的海椒地里发现了村里的老地主，已经70岁了，在偷海椒。老地主只是偷摘了几个辣椒而已。刘文学说，你偷窃公社的海椒，我要把你扭送到公社去。老头向他求饶，希望他放过自己。他坚决不放过，因此惨剧就在海椒地里发生：少年被老地主扼死。少年由此成为英雄，被排成话剧，在全国上演。我们的文化理念处于这样的状态。还有很著名的话剧《千万不要忘记》，那是根据毛主席的那段语录创作出来的：千万不要忘记阶级斗争。阶级斗争体现在家庭中，是什么样的状态呢？我想那是很可怕的关系。如果我们连家庭都不能和睦的话，一个国家怎么能和睦？即使家庭中真的有我们的敌人，伟大的无产阶级也可以用家庭的温情把他变成我们的朋友，是不是？还非得在家庭中进行尖锐的斗争吗？幸好那准阶级敌人不是主人公的母亲，而是主人公的丈母娘，无非也就是丈母娘在新中国成立前开过小铺子，做过小贩，然后告诉他，你不必那么自觉地加班，因为加班是不给工资的，回到家里来做一些自己的活计不好吗？丈母娘给他买了一件148元的哔叽上衣。我觉得我们伟大的无产阶级应该有相当多的智慧，哪怕这是一个了不得的事件，我们也会把它化解。但是如果把这也诠释为"斗争就在我们身边，就在我们的亲人关系中"，那这样的一种文化理念到了"文革"十年，就变成了：我们在看样板戏时，凡是里面出现女主人公，她们没有家庭，没有丈夫。《海港》中方海珍有丈夫吗？甚至也没有家。我们不知道她的家是什么样。我们只知道她住在码头的党支部书记的小办公室里。我们只知道她好像是光荣军属。她有儿女吗？有父母吗？有公婆吗？都没有。几乎就是党在试管里培养出来的。那《龙江颂》里的女主人公有丈夫吗？也没有，也是家里要挂一个"光荣军属"的牌子。还有《杜鹃山》，本来男主人公和党代表之间是有一种情感关系的，但我们一定要把这种情感关系删除得干干净净，然后只剩下一个争取和被争取的阶级的关系。正因为在这样的情况下，"文革"时我们已经完全没有书可读了。周总理这时才在国家会议上提出"孩子们要读书啊"，给他们读点什么有意思的文学的书？但是在当时我们连苏联的书也全部销毁了，那我们还是把《钢铁是怎样炼成的》再重印一遍吧。这之前，我们的文化其实早已萎缩了。那时周总理是那么关心文化，对电影工作者提出要求，说："我们能不能拍一两部不那么中国特色的电影？我们也要和外国有电影方面的交流啊！"正是在那样的情况下，我们才拍出了《五朵金花》，然后拍出了《达吉和她的父亲》。

《达吉和她的父亲》是多么好的一部电影，我们的革命者在长征路上遗留下了革命的后代，被彝族老人收养了，革命成功后，新中国成立，生身父亲回去找到女儿，这时女孩长大了，要做出留下还是随走的选择。在今天看来，这样的电影放在世界任何一个国家都根本不成为问题，但是它出来没多久就受到批判。这个批判，假使我不能从这部电影或者说这个文学本身来提出质疑，我至少可以对作者提出：你有精力，你有时间，你为什么不写一部表现阶级斗争的作品，而去写一部贩卖资产阶级人性的作品！

那27年之后是什么样子？那时我已经从复旦大学毕业分配到北京电影制片厂。我们文化部在宽街那里有一个招待所，我有时要奉命去招待所里见某某人。那都是我少年时候心中特别尊崇的电影编剧、作家。他们从全国各地集中到文化部招待所里，等着平反，等着"落实"这样那样的人所应有的起码的权利。他们还期待着是不是有什么创作任务。这样的情况下，所有的文学家、戏剧家、电影编剧，"获得第二次解放"的感觉是最真实的，因为我能体会到那种感觉。常常是大家一谈起对我们文化的使命都是热泪盈眶，大家都准备做事，但真的做起来又是特别理性的，要小心翼翼、谨小慎微，要试探，要一点一点放开自己的创作手脚。真是依然地如履薄冰！如果我们表现"文革"中的极左的问题时，那个代表极左的人物可以表现到什么级别？村党支部书记行不行？最初是不行的，村党支部书记也是党的代表；然后一点点突破，人们甚至可以通过电话传达说，我们现在可以表现到村党支部书记了；又打电话说，某某写到了一个极左的人物，已经是处级干部了。那时就是这样，大家在做一种对于中国文化的反思工作。这种反思也无非就是站在人文主义的立场上，但它是非常艰难的，可能会被指斥为"精神污染"。这和今天不可同日而语。因为今天我觉得可能有些确实是污染，但是那时候的文化总体上是庄重严肃的，但似乎越严肃的作品越具有"污染性"。那时候作家也不把自己的力量放在用俗恶的爱情去污染我们可爱的大众。那时候作品还探讨一些思想。当然，那时候我们的文化忽略了少年儿童。对于我们的国家终于有机会来传播一下人文的思想，尽管是功亏一篑，但是我们忽略了新一代青少年成长起来了，他们有阅读的渴望，他们的渴望是有特征的，必须直接反映他们的青春期成长现状。我这一代作家很少提供过这种文学。他们是间接地从我们作品里面得到满足的，正如我们间接地从《钢铁是怎样炼成的》中看保尔和冬妮娅的爱情一样。我们没有做好，我们顾此失彼，觉得那事可以以后再做。我们要先把反思做好。尽管在反思过程中也不断有人重新翻身落马，但是在这过程中琼瑶来了，她给了青年人我们所不曾给予的那部分阅读种类。再接着，香港、台湾的歌曲也都来了，接着是商业化，到现在我们已看得很分明，我们的文化在娱乐性上和西方的文化是没有太大的差别的。我们也在高兴，"彼乐也，吾亦乐也，天下同乐"。但是仔细看，是不同的。不同就在于人家的青少年的脚下有一块用200多年时间锤炼出来的人文主义的文化基石。在这个基石上，他们可以尽情摇滚，可以唱流行歌曲。当娱乐之声停止的时候，他们又知道他们是站在一块人文主义的基石上。而我们的基石是什么呢？它在哪里呢？我们没有感觉到它的存在。今天谁又来想到我们要同心协力来做这样的事呢？这也就是我特别强调人文主义的阅读和写作的前提。可能你们的胡老师正是听了我在评委之间的这段发言，他才希望我到清华来讲一讲。

我来之前，自己首先就犯困惑，觉得自己这些话适合在清华讲吗？我讲了以后会不会给胡老师带来不好的牵连呢？这些年以来，我事实上已不太谈这些话了。我甚至也不对我们的文化和文艺提出批评了。以我的眼我看到了应该批评的现象，在我们的电视里，一个时期以来，除了帝王将相就是长袍马褂，我们已经失去了对于现实反应的能力和关注了吗？有时候我觉得我真要说话，但是我一想好多电视台领导都是我的朋友，好多编辑、演员也是我的朋友，还有我会质疑自己的心态是不是对的。你是不是以一种老夫子的心态来嫉妒我们青年人娱乐的权利呢？如果这样问自己，就又觉得自己是太可鄙的一个人了，你看着大家娱乐你自己不高兴吗？但尽管这样，我还是忍不住写了一篇作品叫作《皇帝文化化掉了什么》。在

21世纪初，我们国家集中推出了一批皇帝文化，而且有些皇帝文化完全把皇帝们加以美化和歌颂，尽管他们也有缺点，但我感觉到他们是穿古装的"孔繁森"。我觉得那些剧里所传达的是这么一种意图:看，做一个皇帝，他是多么地不容易啊!你们做老百姓的，身在福中，还想干什么? 你们还不感动吗? 你们还不做一个更好的百姓吗? 所有的天子，变成了那样一些人——我不下地狱谁下地狱。

再就是电视剧中不断出现少爷型的翩翩青年和那些美女们拥有亿万资产的大公司，而我们现实生活中没有看到那样多的情况。所有这些电视剧在我看来也不过是那公司、那女人、那阴谋和那一大笔钱。我们几乎完全放下了对于我们这个国家现实的关注，尤其是对于底层民众生活的关注。当然我们知道文化有一种功能，就是当它走到极端的时候，必然会有调整。那现在确实会看到，我数了数，有《母亲》《继母》《嫂子》《五妹》等这样一些剧目出来，我会觉得欣慰。至少我们的视角已经转向了一般百姓的家庭生活，尽管它只不过是亲情主题上的，也比那些玩意儿要强。我的一个欣喜就是在评奖过程中，所有那些大剧有时候还是得的第二类奖的最末奖项，证明我们的观众、评委们开始萌发起来要求文学文艺反映现实的愿望。那当然，在这样一种文化背景下，对于我们的青年是有伤害的。

26号上课的时候，前三次课我只讲了人文主义，不讲别的。我要求我的学生必须在老师上课之前起立。我说这跟师道尊严没有关系，老师不是说在这里面对50多个学子说我要一点尊严，而是这意味着，当学子们起立的时候，是一个"场"已经开始了，一个特殊时段开始了。你们通过起立对老师讲课提出一种要求，老师接受这种暗示，我要对得起你们往起一站。再接着，我说因为我们也是有学生刊物的，有三种，其中一种是校方的，另外两种是我所支持的，老师经常要写几个毛笔字去卖钱，至少还是名人，是吧？我可以让同学们办刊物。上学期期末的时候，我和另外两个老师在开会时说，要不我们有个刊物就暂停吧，不是钱的问题，关键在于质量。我经常看到，我的忧伤啊，我的痛苦啊，我昨夜的梦啊，我幻想中的白马王子啊……我的天哪，交的作业都是这样。老师真想看一下你的父亲啊，你的母亲啊，你曾经遇到过的什么人什么事啊，但是看不到。因此我觉得，请你们把头抬起来，把目光望向远处，超越大学校园！如果你们还是什么都望不到的话，请转身回头，望你来自的那个地方。我想在座的一定有相当不少是农村家庭的同学吧？把你所经历的那个小镇、那个农村的生活写给我们看哪！但是怎么说都无济于事，我所面对的那个文化是那么强大。谈到文学写作的文化关怀问题，我的同学们，你们的眼睛真的都看不到，在这片广阔的土地上还有一些比我们大学学子人生更艰难的人生吗？或者你们听到过没有？不要以为把听到的写出来就是一件耻辱的事情。蒲松龄的《聊斋志异》里的故事大多数也是听来的。作家应有一个本能，他的耳朵要特别灵敏。《苔丝》这一部书，是哈代听来的一件事。日本电影《幸福的黄手帕》不过是报上的一则小新闻。你有情怀，你听到了可以表达。

但是我的学生突然说："老师，如果我们自身并未经历那样的人生苦难，而我们去写那样的人，我们是不是太矫情？"这话让我当时愣了一下，问："孩子，你接触了什么？"我想到有些电影里，那些母亲和父亲，经常看到陌生人要伤害自己孩子的时候会说："你把我的孩子怎么样了？"我当时就有这样的感觉，我的学生们接触了什么让他们说出那种话？"矫情"两个字在那样的话里，意味着它会使五千年文化的全部人文主义都没有意义。我们于是可以说：雨果写《悲惨世界》是很矫情的啊！因为他是贵族，那是他虚构出来的。雨果是矫情的，托尔斯泰是矫情的，屠格涅夫是矫情的，左拉是矫情的，巴尔扎克是矫情的。当我们以这样的心态去看的时候，我们还剩下什么？这是极为可怕的。学生在写论文的时候，我会非常严厉地批评他们，我觉得我本来是讲"创作与欣赏"，但我已经不是在讲这个问题，而是讲情怀问题。同学们觉得读到研究生了，然后说：如果某些苦难根本与我们无关，我们又何以能为之感动？他们的潜台词是说：企图通过这样的作品来感动别人的人是多么地愚蠢！这应该是这个世界上最可怕的理念。我在跟其他国家的人接触中从来没有听到这样的状况。正因为是在这样的前提下，我提倡读一点人文的作品。如果大家喜欢写的话，那么请你就像我对我的学生说的：抬起头，放远目光。写作这一件事，不像小曲儿之于小女子的关系。小女子悲了也哼歌，婆婆给气受了也哼歌，高兴了也哼歌。写作和人的关系不是这样。写作说到底是把这些人的命运写给更多的人看。当我的命运和这些人相同的时候，我要写这些人；当我的命运已经超高于这些人，已经从贫苦的层面上升起来的时候，我更有义务这样做。这才是写作和我们热爱写作热爱文学热爱文化的这些人之间的关系。但是，胡老师，我又发现这变得像我的课堂一样，你们因我的话感到了极度的压抑，是不是？

我给大家举个例子。上学期我是大发了一顿脾气。你们都知道毕业之前要写论文，本科生也罢，研究生也罢。当我和几位老师坐在那里，由我来主持毕业论文答辩的时候，都是谈关于什么什么作品中妓女形象的塑造的问题，什么什么作品中性爱的问题，什么什么作品中乱伦的问题。有同学还直接写到关于中年男子对于少女的变态性心理的问题。我就看我旁边的两位中年男子老师。我们的论文都是这样。看某作家的作品时仿佛看的就是，他写了那么多糜烂，多么美丽的糜烂啊！我看完之后，说再请某某老师去看，某某老师打电话告诉我，说："我看了之后，真想扇她！"我说我也有同感，而且还是女孩子。我们那么单纯地读了大学的女孩子，我们家长出了那么多学费来学的是中文。若把这样的论文寄给家长看，他们会作何感想？这不是我教的啊！我没有这样教啊！因此，上学期我曾经说过，如果我不能扭转这样的状况，那我走人。这个学期我就开始着力于扭转它。

当然，我下面可以举例分析一些作品中很有意思的东西。比如说，我们看《十日谈》。对于这本书，为什么在文学史上说它具有人文色彩呢？那也不过写了一些风流逸事。如果我们弄不懂这部书在文学史上的价值，我们就几乎一点儿都没懂文学史。我在课上也讲过这个问题，如果有当代的作者说："凭什么你们就说《十日谈》是经典，凭什么我写了一点性，我还觉得我没写够呢，你们就大加挞伐？"我的学生也提出过这个问题，说是：你们都说歌德在17岁的时候就写出了《少年维特之烦恼》，你们搞文学的大加吹捧，我们今天上了大学好不容易写一点烦恼，你们就让我们抬起头来？我们不把人类的人文主义的过程来做梳理的话，不能解答这个问题。在35000年前到5000年前的这一时期，人类还处于一种蒙昧的状态。那时候连文明史都没有，只不过有一点文明的迹象。到约5000年前的时候开始有城邦出现，这时我们叫作人类的原始文明时期。但是一直有文明，比如冶金业、制陶业、农业、渔业，到三千二三百年前的时候，才有了楔形文字的出现。那也不过是图形文字、象形文字，但是毕竟可以记录了。因此美国历史学家说人类历史从这里开始。到2000年前的时候，人类的历史最主要是神文化的历史。通过祭祀的历史，表达对神的尊崇、对神的屈服和恐惧。但是在距今两千几百年前的时候已经出现了伊索——希腊的奴隶。他虽为奴隶，却表达了对自由的强烈渴望。我们为什么说人文主义是自由、平等、博爱的呢？在2200年前的时候，有个奴隶叫伊索，他表达了这种愿望。他第一个提出了对于奴隶和奴隶主之间的关系的疑问，这是一个非同寻常的文化事件。我们在读历史的时候，当我们感受这一点的时候，从35000年前一直到5000年前，一直到2200年前伊索出现的时候，我们应该受到深深感动。然后到公元前900年到公元前800年的时候，已经出现了《伊利亚特》，已经出现了《荷马史诗》。我们不能只当《荷马史诗》是神话来看，那里有人文，应该看到在特洛伊战争的时候两军作战，一方把另一方的主将打死之后，将他的尸体在沙场上拖了一圈。你们应该看到这个片段，是吧？然后他的老父亲在夜里化装深入敌营，找到对方，说我以一个上了年纪的老父亲，以一个王的身份，放下了我的尊严，向你这个胜者乞求把我儿子的尸体还给我。对方还了，这是什么？这就是早期的人文啊，人道主义啊，我们人类的文明心理是这么一点点发育起来的。到了公元前400年的时候，已经有了苏格拉底、柏拉图、亚里士多德，那时整个希腊的文化、艺术、建筑，已经那样发达了，非常辉煌。而就是在那时的绘画和雕塑中，人类开始表现出自己不只是神的奴仆，在绘画时想到把自己，把自己的情人、朋友、父亲，把自己最亲爱者的形象画在天神们之中。人要争取和神平等的地位，小心谨慎地，不被察觉地。再后来，基督出现了。因此我们看西方文化，一直认为西方全部文化的支柱就是基督文化和它的科学，和它的人文哲学。我们习惯了都只不过把基督教看作宗教。我对自己的观点还不敢确定，因此我不失时机，直到昨天还和我的朋友、复旦大学的另一位教授探讨这个问题。我说我的观点对不对，因为第二天我要到清华大学来讲这个问题。基督教本身是人类相当重要的一次人文文化的体现。在此之前，天主教崇尚上帝，但是基督教之基督耶稣是人间母亲所生——基督还有个名字是"人之子"，因此天主教才要把基督教作为异教类来制止。我们看基督教里传达了一些什么。比如说，它提出了如果战争不可避免，获胜一方对于所俘虏的儿童和妇女有责任加以保护。这不是人文吗？获胜一方要以仁慈之心对待俘虏。人不要去虐杀幼兽和怀孕的动物。人要热爱自己所赖以生存的土地和自然环境。当然《圣经》教条里是另外的话语。这些不都是今天我们要做的吗？富人要关注穷人的生活状态，要帮助那些患麻风病的人。富人有责任让穷人的孩子也同自己的孩子一样读得起书。因为穷人更穷的话，富人的生活不会更加幸福。这不是人文吗？在公元以后那么长的时间里，宗教本身又走向它的极端，被王权所利用，因此才变成了另外的样子，这时才出现了《十日谈》，开始嘲讽被王权利用了的变质了的宗教。人类的文化一直在那么漫长的时期里一点点地积累，先是人文的迹象，接着是人文的祈求、思想，人文的思潮潜移默化地在一些绘画、诗歌、史籍中出现，然后经过文化知识分子的提升，变成了18、19世纪的人文主义——自由、平等、博爱。《悲惨世界》所要张扬的是这些思想，那以后又用了200年的时间，来夯实它。如果我们对这些不了解，我们就无法判断，在大仲马和雨果之间，为什么我们今天一定要纪念雨果？在雨果的《巴黎圣母院》和大仲马的《三个火枪手》之间，为什么《巴黎圣母院》得到的殊荣更高一些？因为《三个火枪手》不过是传奇故事加历史故事，而《巴黎圣母院》张扬的是那么激情的批判精神。又为什么在大仲马的《基督山伯爵》和雨果的《悲惨世界》之间，我们对后者尤其另眼相看？乃因前者只不过表现了复仇心理，而后者表现的是人道主义信仰。因此我对我的学生说，其他系的学生我不管，你们是中文系的，你们要知道这两本书的区别在哪里——《基督山伯爵》所张扬的是欲望，《悲惨世界》所张扬的是信仰。就是这个区别，你们没看出来，就愧为中文系的学生。我觉得应该是这样：我不再想象自己是什么著名的作家，好像应该写出多么了不起的作品。我只是希望以我的笔，以我这样的年龄，以最朴素的方式，哪怕是一首小诗、一篇散文随笔，能够在传达朴素的人文文化方面，做一点事情。事实上我已经在做了，免得以后谈论起我们这代人时说"他们无作为"。

读书与写作

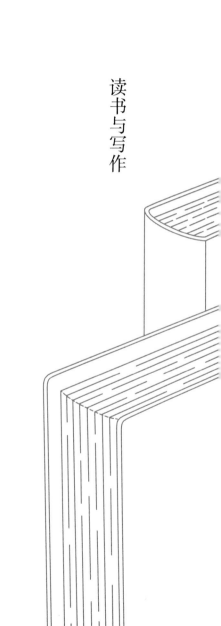

为好社会而写作

他的写作始终坚持自己的立场，始终秉持着知识分子的良知和情怀，始终高扬着人文主义的旗帜，他从不因为所谓纯文学的原因而放弃对社会、现实的思考与批判。

——吴义勤

采访手记

郭红

我如约来到他的工作室时，他正用抹布擦书架、桌子。我说："您还自己做这样的事呀？"他说："我习惯了，我一直是个放下笔就拿起抹布的人。"

他的书房在一幢老式的居民楼里，窗外是元大都城墙的遗址。冬季，那里的景象是颇有几分萧瑟的。他曾多次在作品中提到过这里，能看到早已从文字上熟知的景色，恍惚间会以为能走到故事里去。他看起来很精神利落，他说特意刮了胡子，否则担心采访时拍照效果不好。梁老师如此严谨自律，加上他破例接受《黄河文学》的访谈，我颇有些惶恐。

20世纪八九十年代以来，梁老师的书和由此改编的电视剧风靡整个中国。《这是一片神奇的土地》《今夜有暴风雪》《雪城》等，无论是书店还是路边的书摊，都置于最显眼的地方。这些作品紧扣生活，既有现实主义作品的真实，又有虚构作品超越现实和经验的一面。他笔下的知青们，带着鲜明的理想主义的热情，从大城市奔赴最艰苦的处女地——北大荒。在一望无际的沃野上屯垦戍边，一群热血儿女演绎出一幕幕或荡气回肠或令人潸然泪下的故事。知青们既有敢于战天斗地挑战自然的勇气，又能在残酷的政治环境下仍然绽放出爱和友谊的花朵。经由梁晓声的文字，知青一代们为时代大潮所左右的特殊的命运和为国家奉献出最美的青春年华的精神，深深打动了读者和观众，也为知青们的形象作了一个富于浪漫主义和理想主义的完美定位。

在旁观者看来，梁晓声是一个典型的理想主义者。理想主义并不是说怀抱一个具体的理想，而是对一些终极价值的坚守。他对纯洁的友谊和爱情的肯定与歌颂，对精神力量的推崇，都能使读者从悲剧的故事中产生更强烈的乐观主义精神。

虽然获得无数奖项，但对于种种褒扬，梁晓声始终对自己的作品保持清醒。他说："我承认我在相当大的程度上，至少在我所创作的影视剧中确实在一定程度上将知青主体形象美化了。""我的主观意愿是想把经历过这么多磨难的一代人最好的那一面呈现出来，他们也确实有最好的一面；另一方面，要使他们，中国的某些个体，艺术化地成为时代的见证人。"

作为作家，同时作为一个学者和知识分子，梁晓声用作品把两个身份统一起来。他的作品具有知识分子的那种洞察力，同时也非常富于感性。在对时代的反思中，他的态度是悲悯、坚持而不纵容；对自己的态度则是，有反省却绝不造作地自我贬低，以达到最大限度的诚实。他让我们了解到什么才是一个正直的、负责任的作家的担当和诚实。

采访快结束时，梁老师说："我觉得刚才我说的内容有些过于激烈。时代有它自己的逻辑，有些事情急也没有用。人有时候要甘于退出舞台。待写完这部长篇，我想停下来，做一个读书的老人。"

我和他一起出门。他锁上门，极其自然地弯腰捡起门外的破纸盒，一边下楼，一边捡拾垃圾。他主动负责打扫的公共楼道，水泥台阶一级级接续下去，在昏暗中泛着幽幽的青光。

面对真理我们都是平等的

郭红：梁老师，我觉得您的那些描写知青生活的小说已是我们中国当代文学的经典，不知道现在读这些知青小说的人还多吗？

梁晓声：应该是不多了。一个作家最初的作品的内容一定和人生经历的主要内容相符合。我当过知青，1974年上大学了，比我的知青战友们离开北大荒早一些。我待了六年多，他们有的是十年多。事实上我分配到北影后最初写的短篇都和知青没有关系，包括《这是一片神奇的土地》，都是各编辑部约稿，他们一定要约知青题材的小说。于是就开始调动自己的回忆、自己的经验，按你所知道的一篇一篇写。我当时的想法是，短篇《这是一片神奇的土地》，中篇《今夜有暴风雪》，长篇《雪城》，之后就不再写知青题材了。写完那些，我觉得自己对于知青经历这件事，对我的同代人——有知青经历的人——对我的一些希望，就完成了。但后来又有了《年轮》，那是先写了电视剧，后改写成的小说。

写电视剧是因为新中国成立45周年，需要写共和国同代人，这是一次命题创作。这样的一个命题下，大部分的同代人肯定有知青经历，所以又变成了写知青。这部电视剧将《雪城》下部的内容糅进去了。为什么呢？当年《雪城》只拍了上部分的内容，我很希望下部分的内容也能拍。可那在当年很难。知青题材成禁区了。2010年，山东又来人找我，希望创作《知青》。都是约稿。你想山东影视中心到黑龙江去拍，拍黑龙江的兵团，这会使我家乡的影视部门觉得很被动，于是提出联合拍摄。这事没谈成，我就和家乡的电视台和影视部门说：这样，我再为家乡写一部《返城年代》。这些都是在我已经确定的写作计划之外，改变写作方向，穿插进来完成的。

　　但是所有关于知青的电影、电视剧都给我带来无尽的烦恼。它们的发表、播出，无一例外都大费周章，即使得奖了情形也不是那么好。《这是一片神奇的土地》和《今夜有暴风雪》，当时在获小说奖的时候不是没有争论的，争论是很大的。是在陈荒煤、冯牧他们坚持之下获奖的。后来这两部小说在长影都拍过电影，但又同时下马。这内情一般人是不知道的。你看，纠结吧？读者会认为通过知青的经历呈现出那个年代极左对我们青年人、对整个社会危害的程度，写得远不够，应该再深刻一些。但是他们不知道，仅仅那样，评奖就已经很成问题。影视化也很难。《今夜有暴风雪》发表在南京《青春》的创刊号上，主编晚上陪我在宾馆里喝着咖啡聊天，一聊聊到深夜，竟然说出什么话来："破釜沉舟，壮士断臂，大不了我不当这个主编就是。"

郭红：觉得小说可能会带来一些危险？

梁晓声：觉得已经踏入雷区了。后来它得奖了。大家会认为，得奖的文学作品拍电影会有什么问题吗？事实是拍了一半竟然会下马。当然那是特殊的年份，1986年，经历了"反对资产阶级自由化""清除精神污染"。现在来看，那些作品里污染何曾有过？都很纯洁很纯粹，很干净。

郭红：都是戴着有色眼镜在挑刺。

梁晓声：但是我这个人有一种和别人不同的性格，我会据理力争。我不是争取我个人的作品拍摄，而是为了争一个道理。此外，下马要损失100多万，100多万在当时是很多的钱，都是人民的钱，怎么可以就那么浪费了？当我这样去据理力争时，致有关方面的信件的措辞会很叫板，完全不像一个青年作家应该写出来的信件。

郭红：您给领导部门写的？

梁晓声：这事今天是可以谈的。我就给当年的陈荒煤部长写信，那时电影归文化部管，他是文化部副部长。我还给电影局的局长石方禹写信，并且把给两个人的信还装错了信封。

郭红：是故意的吗？

梁晓声：不是，马虎了。两个摄制组没有办法了都来找我。我又要出差，一粗心装错了信封。在给当时电影局局长石方禹的信中，我骂了娘。我一直很坚持的一点是：面对一个道理的时候，不管你是谁，我们来辩辩吧。你要是有道理，杀我头请便。如果说不服我，虽然我是一个平民，那也要据理力争。其实他们都是爱护我的，接到我这样的信后，就同意接着拍。多年后一起开会的时候，石方禹说，你看你，信里还写他妈的。我说我日常生活中不是这样的，那是为了给力！使信给力！

《雪城》也是这样，拍完之后，那时候只能送到中央台，其他各地方的电视台还很少。央视不播几乎就作废了。央视负责播影视剧的人，是黄宗江的夫人；我和黄家关系特好，他们都视我为弟子一般。但这是公事公办的事情，负责任的话就得讨论能不能播。然后就请人参加座谈会。不管开多少次会，播不了还是播不了。听说山西的知青还到中央电视台前聚集过，要求播。这倒不是背后有人怂恿他们，我们都不知道。我们怎么敢去做那样的事情？后来当时的中央领导，非常大的领导，工作之余也要看看电视剧，听说有这样一部电视剧就调去看，看完后说挺好，没什么问题。有这个话，才能播出来。《年轮》也是稀里糊涂地就播了，因为是北京台的，北京台就播，播了以后中央电视台也才播了。

郭红：但是播出之后影响非常非常大。

梁晓声：当时的文化部部长就请演员们吃饭，鼓励鼓励电视剧这一文化现象。但是在评奖的时候就出了问题，不能评奖。为什么呢？已经有规定说影视中不能出现"文革"、三年困难时期这样的片段，我的《年轮》是从孩子们上小学写到中学，因此会写到饥饿、到郊区去抢菜，一直到"文革"和下乡。里面还有这样的情节，我挺喜欢的一个情节，一女中学生回家与是区委书记的父亲聊天，说到班主任在课堂上讲了什么。结果班主任被打成右派，女孩回家就哭了。像《牛虻》中的情节。她质问父亲，你利用了我！父亲说这是政治，母亲说这是你父亲的工作，等等。评奖的时候有人问，这是什么意思？这等于是呈现出干部人性很卑劣的一面，不能评奖。那我们是不是犯错误了？要不要做检查？但是我们所知道的情况是，部队里战士赶快吃完晚饭看那部剧，监狱里面也允许看。为什么呢？剧中毕竟写了好人性。

人性善是超越一切时代的原则

梁晓声:这是我的创作理念,我不管写怎样的时代,都是把时代和人性相对地剥离开来看,我要通过某些人的人生和命运把时代病态呈现出来,同时也要尽量呈现人性中使我们温暖的方面。如果完全没有后一部分,我自己也会对社会绝望。我不要我的创作使人绝望。归根到底文学艺术是为了证明良好人性可以拯救世界于水火,而人性恶不能。我不在意评奖与否,能播出就行。倘不许播那是不是意味着我们错了?这当然又得抗争。那时候我给很大的领导写信:某某同志恕不问好。我现在还在窄小的家里创作,我的创作就是为了我们的社会好一些,你是管理我们的创作的人,可能你现在在北戴河疗养。谈到爱国主义,我骨头里都是爱国的。我的父亲是中国第一代建筑工人,在"大三线"苦干了20多年,比你们爱国多了。谈到电视剧的事我说,第一你看了吗?可以肯定的是你没看。第二你也不尊重另一些文化领导者,部长、总局长,你就觉得你官比他们大一级,他们的感觉全都是错的,只有你对吗?评奖已经结束了,补了一个二等奖。

郭红:就是要敢于表达自己的观点了。也说明您对自己的作品很有信心,对自己的价值观很坚持。

梁晓声：我是有这个意识的，有许多事情就是要争。电视剧《知青》播出时难度也很大。《知青》这个剧还是不错的，自20世纪80年代以来，没有一部电影、电视剧像《知青》那样那么深那么较大面积呈现一个时代的错误与荒唐。但主题歌中"无怨无悔""理想的花环"之类歌词，引起反感。作者是一位山东省的领导，他为什么会这样写呢？因为这个剧播出太艰难了，他亲自到北京来了不知道多少次，他不能像我那样地抗争。因此就把歌词写得主旋律一些，用以对冲一些批判的锋芒。因为不写这样的歌就播不出来，他也有他的难言之隐。

郭红：歌词并没有反映出他本人的艺术水平，这只是给这部剧的一种帮助。观众哪里知道这里面的苦衷。

梁晓声：为了能够顺利播出，我们管这种做法叫作"穿靴戴帽"，使之看似是"励志"的。当然这还不能说。总算播出了，《返城年代》又碰到问题了。

郭红：您这简直是过五关斩六将。

梁晓声：《返城年代》很正能量。我说正能量不是指意识形态的，而是人性的正能量。我为什么强调此剧，除了呈现那个年代人们"左"的错误,也要挖掘那个年代好人的好。这很重要。正常的年代你做好人是没有压力的,在那个年代你做好人会带来压力甚至人身危害,那还做好人吗?也只有这样,才能为中国人补上好人文化这一课。我的创作不但要呈现人在现实中是怎样的,还要叩问应该怎样。

郭红:越是这样艰难的情况下,甚至可能会牺牲自己利益和更多的东西的时候,越能呈现人性的善。

梁晓声:这里有一个理想化和现实的关系问题,我创作的动力之一就是弘扬人性理想。比如说,《知青》中有一个情节:当排长写了一首纪念周总理的诗被铐上手铐带走的时候,连队里几名知青执意送他。而实际情况可能是没有一个人送他。当然这样写符合生活,也批判了那个时代。但我要在批判的同时告诉观众人应该那样。因此我就让排长那些好伙伴半路送了他一段。一般的观众就会觉得这不符合生活,没人敢。但我想说的是,如果当年没人敢,我不这样写,今天的人是不是还依然处在那样的人性状态,依然不敢?我要强调的是"我们应该这样"。当我们认为谁是好人的时候,哪怕他被铐上了手铐,我们依然可以送他。

郭红：这依然是您理想主义的一面？

梁晓声：我在生活中也是这样做的。如果谁是我的朋友，我与他有过长期的接触，我认定他是一个好人，他犯了错，凭我们从前的友情去送他看他都是太正常了，不要压抑人的这一方面。但是有观众肯定不理解。《返城年代》也不可避免地又呈现出对于"文革"的反思与批判。这部分元素如果剔除得非常干净的话，就不叫"返城年代"。因此我在创作的时候对导演、演员们说，这部剧还有一个角色高于演员、大于演员，就是"那个时代"。时代本身是看不见的，但是始终在你们背后。把这些元素加入进去，我是理性和克制的。知道触碰到边缘了，很克制地写。

可播不出来的话投资方怎么办？而且投资2000多万是我去说服人家才投的。现在的影视公司都去拍宫廷剧，都拍青春偶像剧，都拍抗日剧，都拍谍战片，人家都不投拍知青题材，就知道会碰到这些问题。怎么办？必须抗争。

郭红：还好您有社会影响，有这些社会关系。

梁晓声：关键是这些作品经过社会检验都是没有问题的。但是，你同样也会承担播出来之后的品头论足甚至攻击。因此，我发现自己经常在做的事情是，一方面在那里抗争，做困兽犹斗般又不能向外人道的事情；另一方面要承担贬低。那也只能承受。《返城年代》做完以后就再也不会写知青题材了，抗争得累了。

郭红：您已经为知青这段生活和经历，为知青这一群人，写了这么多的作品，表达得很透彻了。

梁晓声：我承认我在相当大的程度上，至少在我创作的影视剧中将知青主体形象确实美化了。知青中有非常棒的人，但绝对不是多数。这和什么有关？不读书。都是很小就去，文化有限，没被好文化所化。那个年代是无书的年代。以后有书了他们也错过了最佳的读书季节。因此，他们中相当一部分人成了终生不接触文化书籍的人，文化对于他们来说只不过是目前的电视剧。而我在下乡之前已经把18、19世纪的世界名著读遍了，那时我只不过是少年。初中时候我已读伏尔泰，读卢梭，读孟德斯鸠，读《法国革命史》。那样的一批知识青年虽然和我是同代人，但是和我太不一样了。一个人载着这么多文化符号的时候，在当时会本能地寻找和你有同样文化符号的人。这几乎不是难事，能找到，但是多数是高中生，在我的同龄人里很难找到。那时候我的思想朋友多数是高中生，甚至是忘年交，有已经成名的东北的作家，还有老编辑，他们和我这样的一个小知青成了忘年交。一个小的群体在思想上、人性上、人格上互相抱团取暖。

郭红：这也是您区别于大多数知青的主要部分。

梁晓声：那时候同吃同住同劳动，互相要爱护。但是思想是没有办法在同龄人中交流的。因为你说的话他们全不懂，也很危险。

郭红：是很复杂的。

梁晓声：但是我觉得我也很幸运，在同吃同住同劳动、手足般的亲情关系中，我有特义气的知青朋友、同学，一群哥们儿，我受到委屈他们会挺身而出为我打架。在精神和思想上会有另外一些朋友，虽然很少，毕竟是有。

郭红：也会是很大滋养。

梁晓声：因此我是很感恩的。我感激书籍。我是工人家庭的儿子，没读书的话，我这个红后代在"文革"中会变成什么样？前天碰见了一位朋友，他对我说：你是挺特殊的，你看你是工人阶级家庭，属于红五类，你能那么快而且本能地就从一般人们的那种"文革"纠结中摆脱出来,不容易。我说我不是摆脱,我根本就没卷入过,我从一开始就没被卷入过。我会以为这种从一开始就没被卷入过的人一定是很多的,我指的是思想卷入,后来我发现同样的人太少了,少到了令我非常诧异的地步。

很多人是卷入过然后再挣脱出来,像钱理群教授这样的人都是卷入进去过的。有一些人是粉碎"四人帮"之后才反思的,而我真是一个异类。

郭红:是不是因为您对于人性特别看重?

梁晓声:这是我当年没有从思想上卷入其中的根本原因。很简单,就一个原则:好人性。在我这里没有另外那么多道理。你只要以好人性为标准来看社会,就知道什么对什么不对。

让孩子们从写作中了解普适伦理

梁晓声:我对自己写的书有一个不愿意向外人道的要求就是:我们这个社会人和人存在的一些问题必须解决,靠谁?靠什么来解决?

其实我们的政府很想解决这些问题,也做了很多努力。孩子小时候,你不和他讲什么是爱,什么是谦让,等等,到了大学再去补课,晚了。中国作家不能认为我们只是写小说的,按照《大不列颠百科全书》的解释,小说是娱乐的。家长不负责心灵怎样,学校只负责升学率。靠红头文件吗?就让作家负起点责任吧。

郭红:文字本来就是文化的承载体,如果文字工作者和教育工作者都不做这个的话,谁做呢?

梁晓声:我有两本书3月份会出版,是《小学生如何写好作文》《中学生如何写好作文》,我在扉页上写:那些以为看了我的书之后,作文成绩就会提高的人,可以立刻放下,转身离去,这不是为你写的书,我的书起不到这个作用。我是想从娃娃抓起,就是让小学生们在写作文的过程中领略普适价值。

郭红:用自己的眼睛看,写自己的眼睛看到的东西。

梁晓声:我主张小学要"去意义化"地写作,就是去掉我们所说的"正确的思想",完全是凭兴趣去写作。到初中的时候可以启发意义写作。而到了高中则必须强调意义。我的学生写作能力较好的，有一部分是成为我的学生之后，师生互相碰撞才较好一点；还有的学生初、高中时作文成绩并不好，以学校标准看不好，在我看来他们恰恰是写作潜质较好的。作文将来怎么判分？作文是什么？是不是一级一级升学的入场券？教育界要讨论这个问题。

郭红：我觉得从小学考到大学，作文是试卷里唯一可以是你自己，是你表达对世界的看法而不是测试知识的部分。现在的情况是，作文特别让人分裂，孩子们想的是一套，写出来的是另一套，有意识地同时被迫地成为双重人格。

梁晓声：作文激发我们的想象脑区、感性脑区的活力，不使人成为半脑人。连作文这件事如果都会让孩子们觉得不愉快，肯定是出了问题。人有表达的需要，笨孩子也有。表达的过程中，他快乐，哪怕他写的是，我哪天做了一个恶作剧，令小朋友大大地出洋相了。我是知青时，在课堂上读这样的作文的时候，孩子们也很愉快，甚至被写的同学也不会觉得怎么样。对小学生而言作文就让它成为兴趣的小溪自然流淌，每一个孩子都有这种潜力。

郭红：我发现梁老师您不仅是个作家，而且是个作家学者，您很有思想。您很善良，对弱势群体、对底层始终如一持续关注。

梁晓声：这些文章以后我都不写了，我还是要回到文学创作中来，否则人们以为我不能写小说了。我说的其实都是一些常识，只不过是些常识。

我的创作是为了我们的社会更好一些

郭红：我这些天把您的主要作品都看了一遍，很受触动。90年代我还是学生的时候，在各地火车站的书摊上看到的都是您的书。估计都是盗版，《雪城》《今夜有暴风雪》等，当时我觉得怎么可能到处都是一个人的书？怎么这么红？

梁晓声：那个年代书发行得很多，但是和今天不一样，我没有那么多的稿费，因为我们都是拿字数稿酬。每千字15元是最高的。那时候我没有版税，都没有听说过版税的事情，也不懂。当年全国出的书也少，我红过使我很惭愧，其实不配。

郭红：字数稿酬加上印数稿酬，印数稿酬非常少。现在看来很不公平，但那时候作家跟工薪阶层比起来还算好，好歹有点活钱。

梁晓声：你说的"活钱"很符合当时的情况。我记得我在北影的时候，每有稿费寄到传达室，无非是 15 元、70 元、80 元，但是那时候的基本工资才四五十元。

郭红：那些钱还是很管用的。

梁晓声：住在一个楼层的工人阶级看见你都会觉得不顺眼，胡乱编，写一点东西凭什么就得那么多钱？作家的稿酬算不算灰色收入？应不应该交给单位？因为你是单位的人，单位已经给你开了一份工资了，而且谁知道你全部写作的时候都在 8 小时之外呢？

郭红：现在想一下那个时代真的是不可理解了。

梁晓声：但是还是有人要鼓噪回到那个时代。后天我要到凤凰网做一个节目叫《老家》，因为现在某些人回忆老家的时候，回忆从前的生活的时候一片美好。

郭红：觉得是田园牧歌呢，天是蓝的，水是清的。

梁晓声：其实是在回忆自己的童年和少年，而童年和少年只要没有大灾难，那都有天生的快乐和喜感。就像二战时期，德国轰炸了英国伦敦，只要家里没有死人，孩子们还会在轰炸后的废墟上捉迷藏。回忆这个，好玩。但是那些孩子长大了，就会知道那只是童年视角。如果我们的参访者没有这个认识的话，一片美好的回忆组合在一起的话，那可不就是从前很好，而今天很糟嘛。从前真的很好吗？那歌里为什么唱"我的家乡并不美，低矮的草房，苦涩的井水，男人为它累弯了腰，女人为它锁愁眉"？这才是真实的。我们的影视剧与观众、与年轻人的接触面那么大，如果滤掉贫穷与愁苦的话，就会使他们对今天的发展看不清楚。这就是历史观和现实之间的纠结和矛盾。一是一，二是二，科学看历史，理性看现实。

郭红：事实上，现在年轻人在心理上，已经和那一代人拉得很远很远了。那您现在怎么评价您在小说和杂文方面的创作？

梁晓声：我能写比较好的小说，有一个时期我的中短篇小说只要发表转载率都是非常高的。但是我觉得，要及时、要快地对现实表达态度，还得靠杂文和散文。

郭红：您是不是觉得有些话不吐不快，得挑明了说？

梁晓声：仅仅名和利不能持续支持我的写作。我不是一个能做到完全超越名利的人，但我认为自己一向比较能做到，秉持作家责任使我觉得写作更有意义。如果写某篇小说仅仅是为了得奖，给你一个奖又怎么样？如果一路写下去就是为了得一个国际上的什么奖，得了又怎么样？这里有一个标准，你得一个奖是那些评委肯定了你的作品。但是你的这些作品，对于你的国人同胞有什么价值和意义？如果他们读完了觉得有一读的价值，那我觉得这比任何奖项更能慰藉我。因此我经常问自己：今天写作还有意义吗？这个意义是什么？当我这样问的时候是超越名和利的。当我怀疑这个意义的时候，我就会想，那就算了，这个不写。因此我不断地说服自己要相信有意义，有意义，哪怕是一种一厢情愿的存在，但是我必须抓住。

我觉得这是一种情结。我经常以自己为例子，我下乡之前读的那些书极大地影响了我，我要感谢那些书和那些作者。当我也是作者的时候就要学习那样的作者，就要写出那样的文字，然后使别人在什么时候也会说，这样的文字对我有过一定的益处。我始终坚信这一点。但是客观地说，在今天其实很难。文化大娱乐的时代，书籍和人的关系不同了。什么是好书？到哪里去找好书？或者同样是一本好书，当年影响过某人，时隔三十年，处在一个极端娱乐化的时代，已不能同样影响另外的人。这已经完全不同了。完全不同的时候你就会动摇，就会沮丧了。觉得我热爱了这么长时间的这件事只剩下了一些浮名，只剩下了稿费吗？经常叩问，抓住意义。

郭红：钱不足以衡量一切。

梁晓声：总是要自我相信，或是自我慰藉：可能是有意义的。因此我才会写《小学生如何写好作文》《中学生如何写好作文》，成年人我不可能影响他们，我看能不能影响一下孩子们。

郭红：我觉得您特别善良而且勇敢，在很多道德准则上是一个很固执的人。

梁晓声：我现在要做到的就是及时用文字回报，及时地感谢。我确实是幸运的，小时候家里很穷，但是一路走过来，左邻右舍、知青战友都对我家好。我始终是不缺乏友谊的人。我相信人间自有真情在。

郭红：别人如何对待您，其实与您怎么对待他们有关系。

他们是您的镜子。

梁晓声：正是因为好人确确实实地存在，我有理由相信，继续写作还有一定的意义。

关于想象

我的一名学生写了一篇作文，姑且认为是一篇短小说吧，
3000余字，题目是《"她"的故事》。我在课堂上请同学们猜，
那"她"可能是什么人，或什么动物？有同学猜是小猫小狗。
我说大了。有同学猜是鸽子、小鸟。我说还大。我提示往有翅
会飞的虫类猜，大家猜是蝴蝶、蜻蜓，以及其他美丽的昆虫，
如金龟子什么的——当然都未猜对。

文中之"她"，乃一雌蚊——秋末的一只雌蚊。自然，它
的时日不多了。但它腹中怀着许多"宝宝"，"宝宝"们需要
血的孕养，它要寻找到一个可供自己吸血的人。一点点人血，
不是为了自己能继续活下去，它早已不考虑自己，是为了它的
"宝宝"们才冒险的。那是一种本能的母性使然的冒险，体现
在一只雌蚊身上……

我的那名学生在秋末的教室里居然被蚊子叮了一下。他

拍死了它，继而倏忽地心生恻隐，浮想联翩，于是写了《"她"的故事》。

我认为，这证明我的那名学生是有想象力的。起码，证明他能从想象中获得快意。不消说，是"悲剧性"结尾——雌蚊刚刚为"宝宝"们吸到一点儿血，旋即被人"毁灭"，连同腹中未出世的宝宝……

我提出的问题是——想象力是可宝贵的，时间也是可宝贵的，将宝贵的时间和宝贵的想象力用以去写一只蚊子，值得吗？这个问题的提出，是以"有意义"的写作为前提的。倘言《"她"的故事》没什么意义，那么总还有点儿意思吧？起码对于我的那名学生，否则他根本不写了。他不但写了，遣词造句还很用心。这是典型的"自娱"式写作的一例吧？对于自娱式写作，往往地，有意思不也是一种意义吗？

何况，从理念上讲——蛇可以大写特写，可以写它的千古绝唱的爱，可以成为文学和戏剧、影视的经典；老鼠也可以，比如日本动画片中"忍者神龟"们的师父，便是一只生活在下水道的大耗子；比如米老鼠——为什么蚊子便不可以一写呢？若写了仿佛就有点儿无聊呢？何况写的是母性，母性是无聊的主题吗？体现在蛇身上就神圣（白娘子后来也怀了孕），体现在蚊子身上就浪费想象力吗？

我在课堂上说了《"她"的故事》有点儿浪费自己时间和

精力的话，我的学生能从正面理解我的话的善意，都并不与我分辩。

我只不过在课下一再反诘自己，而且使本来自信的自己，也困惑了起来。

我举这个例子，仅想说明——有意思的写作和有意义的写作，常呈多么不同的现象。

但我还是确信，将有意思的写作导向有意义的写作，乃是我的义务之一。而对于同学们来说，超越"自娱"写作，思考文学写作的更广的意思和意义，乃是学中文的动力。

如果《"她"的故事》，写得更曲折，更起伏跌宕、一波三折，更折射出母性的深韵，另当别论也。

总之，自己对自己的想象力，要合理用之，节省用之，集优用之，像对待我们自己的一切宝贵能力一样。对他人的想象力，比如同学对同学、老师对同学的想象力，哪怕仅仅有意思，也应首先予以鼓励和爱惜……

写作与语文

每自思忖，我之沉湎于读和写，并且渐成常习，经年又年，进而茧缚于在别人看来单调又呆板的生活方式，主观的、客观的原因自然是多方面的。

世上有懒得改变生活方式的人。我即此族同类。

但，我更想说的是，按下原因种种不提——我之爱读爱写，实在的，也是由于爱语文啊！

我是从小学三年级开始偏科于语文的。在算术和语文之间，我认为，对于普通的小学三年级生，本是不太会有截然相反的态度的。普通的小学三年级生更爱上语文课，也许只不过是因为算术课堂上没有集体朗读的机会。而无论男孩儿、女孩儿，聚精会神背手端坐一上午或一下午，心理上是很巴望可以大声地集体朗读的机会的。那无疑是对精神疲惫的缓解。倘还有原因，那么大约便是——算术仅以对错为标准，语文的标准还联系着初级美学。每一个汉字的书写过程,其实都是一次结构美学的经验过程。而好的造句则尤其如此了⋯⋯

记得非常清楚,小学三年级上学期的语文课本中,有一篇《山羊和狼》:山羊妈妈出门打草,临行前叮嘱三只小山羊,千万提防别被大灰狼骗开了门,妈妈敲门时会唱如下一支歌:

小山羊儿乖乖,

把门儿开开,

妈妈回来了,

妈妈来喂奶⋯⋯

那是我上学后将要学的第一篇有一个完整故事的课文。它是那么地吸引我,以至于我手捧新课本,蹲在教室门外看得入神。语文老师经过,好奇地问我看的什么书,见是语文课本,眯起眼注视了我几秒,什么也没再说,若有所思地走了⋯⋯

几天后她讲那一篇课文。"我们先请一名同学将新课文的内容叙述给大家听!"接着她把我叫了起来。教室里一片肃静。同学们皆困惑,不知所以然。我毫无心理准备,一时懵懂,但很快就镇定了下来。普通的孩子对吸引过自己的事物,无论那是什么,都会显示出令大人们惊讶的记忆力。我几乎将课文一字不差地背了下来⋯⋯同学们对我刮目相看了。那一堂语文课对我意义重大。此后我的语文成绩一直不错,更爱上语文课了。我认为,大人们——家长也罢,托儿所的阿姨也罢,小学或中学教师也罢,在孩子们成长的过程中,若善于发现其爱好,并以适当的方式提供良好的机会,使之得以较充分地表现,乃是必要的。一幅画,一次手工,一条好的造句,一篇作文,头脑中产生的一种想象,一经受到勉励,很可能促使人与文学、与艺术、与科学系成终生之结。

我对语文的偏好一直保持到初中毕业。当年我的人生理想是考哈尔滨师范学校,将来当一名小学语文老师。我的中学老师们和同学们几乎都知道我当年这一理想。"文革"斩断了我对语文的偏爱,于是习写成了我爱语文的继续。在成为获全国小说奖的作家以后,我曾不无得意地作如是想——那么现在,就语文而言,我再也不必因自己实际上只读到初中三年级而自叹浅薄了!在我写作的前 10 余年始终有这一种得意心理。直至近年才意识到我想错了。语文学识的有限,每直接影响我写作的质量。

"运交华盖欲何求,未敢翻身已碰头。"

我初三的语文课本中没有鲁迅的这一首诗。当然也没谁向我讲解过,"华盖运"是恶运而非幸运。20 余年间我一直望文生义地这么以为——"罩在华丽帷盖下的命运"。也曾疑惑,运既达,"未敢翻身已碰头"句,又该作何解呢?却并不要求自己认认真真查资料，或向人请教，讨个明白。不明白也就罢了，还要写入书中，以其昏昏，使人昏昏。

读《雪桥诗话》，有"历下人家十万户，秋来都在雁声中"句，便又想当然地望文生义，自以为是凭高远眺，十万人家历历在目之境。但心中委实地常犯嘀咕，总觉得历历在目不可以缩写为"历下"二字的。所幸同事中有毕业于北师大者，某日有兴，朗朗而诵，其后将心中困惑托出，虔诚就教。答曰："历下"乃指山东济南。幸而未引入写作中，令读者大跌眼镜……

儿子高二语文期中考试前，曾问我"身无彩凤双飞翼，心有灵犀一点通"句，出自何代诗人诗中？我肯定地回答：宋代翰林学士宋子京的《鹧鸪天》。儿子半信半疑：爸你可别搞错了误导我呀！我受辱似的说：呔，什么话！就将你爸看得那么学识浅薄？于是卖弄地向儿子讲"蓬山不远"的文人情爱逸事：子京某日经繁台街，忽然迎面来了几辆宫中车子，闻一香车内有女子娇呼"小宋！"——归后心怅怅然，作《鹧鸪天》云：画毂雕鞍狭路逢，一声肠断绣帘中。身无彩凤双飞翼，心有灵犀一点通……

儿子始深信不疑。语文卷上果有此题，结果儿子丢了五分。我不禁嘿嘿然双手出汗。若是高考，五分之差，有可能改写了儿子的人生啊！众所周知，那当然是李商隐的诗句。子京《鹧鸪天》，不过引前人诗句耳。某日我在办公室中，有同事笑问近来心情，戏言曰：悲欣交集。两位同事，一毕业于师大；一先毕业于师大，后为电影学院研究生。听后连呼：高深了！高深了！……一时又不禁地疑惑，料想其中必有我不明所以的知识，遂究根问底。他们反问：真不知道？我说：真的啊！别忘了我委实是不能和你们相比的呀，我才只有初三的语文程度啊！于是告我——乃弘一法师圆寂前的一句话。

我至今也不知"华盖运"何以是恶运？

至今也不知"历下"何以是济南？

所谓知其一不知其二。虽也遍查书典，却终无所获。某日在北京电视台前遇老歌词作家，忍不住虚心就教，竟将前辈也问住了……

几年前，我还将"莘莘学子"望文生义地读作"辛辛学子"。

有次在大学里座谈，有"辛辛"之学子递上条子来纠正我。条子上这么写着——正确的发音是 shēn，请当众读三遍。

我当众读了六遍。自觉自愿地多用拼音法读了三遍，从此不复再读错。

在相当长的时期，我仅知"耄耋"二字何意，却怎么也记不住发音。有时就这么想——唉，汉字也太多了，眼熟，不影响用就行了吧！

某次在中国妇女出版社一位编辑的陪同之下出差，机上忍不住请教之。但毕竟记忆力不像小学三年级时了，过耳即忘。空中两小时，所问四五次。发音是记住了，然不明白为什么汉字非用这一词形容八九十岁的老人。是源于汉字的象形还是成词于汉字结构的组意？

三十五六岁后才从诗词中读到"稼穑"一词。

我爱读诗词，除了觉得比自言自语让人看着好些，还有一非常功利之目的——多识生字。没人教我这个只有初三语文程度的作家再学语文了，只有自勉自学了。

一个只有初三语文程度的人，能识多少汉字？不过3000多吧？从前以为，凭了所识3000多汉字，当作家已绰绰有余了吧。不是已当了不少少年作家，写了几百万字的小说了嘛！

如今则再也不敢这么以为了。3000多汉字，比经过扫盲的人识的字多不到哪儿去呀。所读书渐多，生词陌字也便时时入眼，简直就不敢不自知浅薄。

望文生义，最是小学生学语文的毛病。因为小学生尚识字不多，见了一半认得一半不认得的字，每蒙着读，猜着理解。这在小学生不失为可爱，毕竟体现着一种学的主动。大抵地，那些字老师以后还会教到，便几乎肯定有纠正错谬的机会。但到了初中、高中，倘还有此毛病，则也许渐成习惯。一旦成为习惯，克服起来就不怎么容易了。并且，会有一种特别不正常的自信，仿佛老师竟那么教过，自己也曾那么学过，遂将错谬在头脑之中误认为正确。倘周围有认真之人，自也有机会被纠正；倘并非如此幸运，那么则也许将错谬当正确，错上几年、十几年，乃至二十几年矣……

"悖论"的"悖"字，我读为"勃"音，大约有三年之久。我读中学时当然没学过这个字。而且，我觉得，"悖论"一词，似乎是在"文革"结束以后，80年代初，才在中国的报刊和中国人的话语中渐被频繁"启用"。也许是因为，中国人终于敢公开地论说悖谬现象了。我是偶尔从北京教育电视台的高中语文辅导节目中知道了"悖"字的正确发音的。

某日我问一位大学中文系教授朋友：我常将"悖论"说成"勃论"，你是否听到过？他回答：在几次座谈会上听到你发言时那么说。又问：何以不纠正？回答：认为你在冷幽默，故意那么说的。再问：别人也像你这么认为的？回答：想必是的吧？要不怎么别人也没纠正过你呢？你一向板着脸发言，谁知你是真错还是假错？……我也不仅在语文基础知识方面浅薄到这种程度，在历史常识方面同样地浅薄。记不得在我自己的哪一篇文章中了，我谈到哥白尼坚持"日心说"被宗教势力处以火刑，有读者来信纠正我——被处以火刑的非哥白尼，而是布鲁诺。我不信自己在这一点上居然会错，偷偷翻儿子的历史课本。我对中国历史上王朝更替，皇室权谋，今天你篡位，明天我登基的事件，一点儿也没有产生中国许多男人的那种大兴趣。一个时期电视里的清代影视剧多得使我厌烦，屏幕上一出现黄袍马褂我就脑仁儿疼。但是为了搞清那些令我腻歪的皇老子皇儿皇孙们的关系，我每不惜时间陪母亲看几集，并向母亲请教。老人家倒是能如数家珍一一道来。中国的王朝历史真真可恨至极，它使那么多那么多一代又一代的中国人，包括我母亲这样的"职业家庭妇女"，直接地将"历史"二字就简单地理解为皇族家史了。

一个实际上只有初中三年级文化程度的男人成了作家，就一个男人的人生而言，算是幸事；就作家的职业素质而言，则是不幸吧？起码，是遗憾吧？写作的过程迫使我不能离开书，要求我不断地读、读、读。读的过程使我得以延续初中三年级以后的语文学习，我是一个大龄语文自修生。

关于大学校园写作

这当然是一个挺文学的话题。

但我以为这还并不是一个"纯粹"的文学的话题，亦即不是探讨文学本身诸元素的话题。是的，它与文学有关，却只不过是一种表浅的关系。

我理解这个话题的意思其实是这样的——在大学校园里，大学生们普遍以哪几类状态写作？我倾向于鼓励哪几种状态的写作？

我想，大致可以归结如下吧：

第一，性情写作。

中国古典诗词中此类写作的"样品"比比皆是。如诸位都知道的杜甫的诗句"两个黄鹂鸣翠柳，一行白鹭上青天"，如陶渊明的"采菊东篱下，悠然见南山"，如李清照的"知否，知否，应是绿肥红瘦"，如王勃的"青山高而望远，白云深而路遥"，等等。在我这儿，便都视为性情写作。既曰性情写作，定当有写的闲情逸致。有时候给别人的印象是闲情逸致得不得了，也许在作者却是"伪装"，字里行间隐含的是忧思苦绪。有时给人的印象是忧思苦绪满纸张，也许在作者那儿却是"为赋新词强说愁"。最根本的一点是，这一类写作往往毫无功利性，几乎完全是个人心境的记录，不打算发表了博取赞赏，甚至也不打算出示给他人看。此类写作，于古代诗人词人而言乃极为寻常之事。现代的人中，较少有如此这般的现象了。然而我以我眼扫描大学校园写作现象，你们大学生中确乎是有这样的写作之人的。他们和她们，多少还有点儿清高，不屑于向校报和校刊投稿。哪怕它们是爱好文学的同学们自己办的。

我是相当肯定这一类写作状态的。依我想来，这证明着写作与人的最自然、最朴素的一种关系。好比一个人兴之所至，引吭高歌或轻吟低唱甚或手舞足蹈。这一类写作，它是为自己的性情"服务"的写作。我们的性情在写的过程中能摆脱浮躁和乖张以及戾气。即使原本那样着，一经写毕，往往也就自行排遣了大半。但我又不主张人太过清高，既写了，自认为不错的话，何妨支持支持办刊的同学。不是说一个好汉还需要三个帮吗？遭退稿了也不必在乎。因为原本是兴之所至自己写给自己看的呀！

第二，感情写作。

感情写作，在我这儿之所以认为与性情写作有些区别，乃因这一类写作，往往几乎是不写不行。不写，便过不了那一道感情的"坎儿"。只有写出，感情才会平复一些。那感情，或是亲情，或是爱情，或是友情，或是乡情，或是人心被事物所系所结分解不开的某一种情。通过写，得以自缓。比如李白的《静夜思》，比如杜甫想念李白的诗、王维想念友人的诗，比如季羡林、萧乾、老舍忆母亲的文章，朱德的《回忆我的母亲》，无不是感情极真极挚状态之下的写作。与性情写作之写作为性情"服务"相反，这一类写作往往体现为感情为写作"服务"。我的意思是，感情反而是一个载体了，它选择了写作这一种方式来寄托它、来流露它、来表达它。它的品质是以"真"为前提的，不像性情写作，往往有意识或无意识地追求"美""酷""雅"，甚或一味希望表现"深刻""前卫""另类"什么的。它更没有半点儿"为赋新词强说愁"的矫揉造作；它有时也许是仓促的、粗糙的，直白而不讲究任何写作章法和技巧的。但即使那样，它的基本品质也仍是"真"的。而纵然写它的人是清高的、孤傲的、睥睨众生的，一经写出，那也是不拒绝任何人成为读者的。因为他或她实际上希望自己记录了的感情，让更多的人知道、理解、认同。只有这样，那"债"似的感情，才算偿还了。人性的纠缠之状，才得以平复。心灵的结节，才得以舒展，由此生长出感激。此时人将会明白，感激他人，感激人生，感激世界包括感激写作本身，对自己的心灵是多么必要。

我尤其主张同学们最初进行这样的写作。原因不言自明。如果诸位竟真的不明白，我便更无话可说。我在你们中，太少发现这类写作。笔连着心的状态之下的写作，人更容易领会写作这件事的意味。如果说我也发现过这类写作，那十之八九是记录你们的校园恋情。我绝不反对校园恋情写作。但诸位似应想一想，问一问自己，值得一写的感情，除了恋情这一件事，在自己内心里，是否还应有别的。确实还有别的，与确实的再就一无所有，对人心而言，状况大为不同。

第三，自悦写作。

这是一种主要由"喜欢"所促进着的写作状态。"喜欢"的程度即是牵动力的大小。性情写作往往是一时性的，离开了校园可能即自行宣告终结。感情写作甚至是一次性的，在校园外其一次性也较普遍地体现着。其"一次性"成果也许是一篇文章，也许是一本书，甚或是一部电影、一部电视连续剧。相对于职业写作者，其"成果"愿望又往往特别执拗，专执一念，不达目的誓不罢休。愿望一经实现，仿佛心病被剔除，从此金盆洗手，不再染指。

而自悦写作，既是由"喜欢"所促进着的，故有一定的可持续性，也许成为长久爱好。但又不执迷，视为陶冶性情之事而已。他们也有发表欲，发表了尤悦。但又不怎么强烈，不能发表，亦悦。故曰自悦写作。人没了闲情逸致，便呆板。呆板之人，为人处世也僵化。人没了陶冶性情的自觉，便难免心胸狭窄，劣念杂生。闲情和逸致使人性变得润泽，使人生变得通透有趣。以阅读和写作来载闲情和逸致，除了精力和时间问题，再无须硬性投资。不像收藏字画古玩，得有不少的钱。

故我对自悦写作是极倡导的，因为它几乎可以施益于人人。其实，最传统、最古老的自悦式写作，便是写"日记"。我以为，小品文、随笔等文本，一定与古人的"日记"习惯有关。

第四，悦人写作。

这一类写作，是"后自悦写作"现象。此时写作这一件事对于人，已上升为一种超越"自悦"的现象。人开始对写作有了"意义"的意识。希望自己的写作内容，也值得别人阅读。在这些人那儿，有意思和有意义，往往结合得较好。这乃是更高层面的一类写作现象。这些人中，日后会涌现优秀的职业或业余写作者。

第五，自娱写作。

此类写作，内容及文风，都带有显见的嬉戏性、调侃性、黄色的灰色的黑色的幽默性。所谓"瘌痢头文化"，与此类写作的兴起有关，也是此类写作乐于汇入的一种"文化场"。一言以蔽之，它带有很大的搞笑性，但又多少高于一般小品相声的水平。其中不乏精妙之例，但为数不多。大学校园里的自娱写作，除了黄色的，其他各色方兴未艾。但不是体现于校报校刊，甚至也不体现于同学们自己办的纯"民间"校园报刊上，而更体现在网上。至于你们化了个名"发表"在网上的自娱写作，是否也不乏浅黄橘黄米黄，我未作了解，不得而知。

坦率地讲，我对自娱写作之说法，起初是莫名其妙的。什么叫自娱写作呢？不得其解。终于明白了以后，我从说法上是不承认的。现在也不承认。不是指我根本否定这类写作，而是认为"自娱写作"的说法其实极不恰当。前边我已谈到，有意思本身即成一种写作的意义，只要那点意思不低级。自娱写作往往在有意思方面优胜于别类写作，我干吗非要反对呢？我不明白的是——倘问一个人在干什么，他说在自悦，我们不会觉得愕然的。悦就是愉悦啊。一个人在聚精会神地下一盘棋，那也会是他愉悦的时光。但娱是娱乐、欢娱。一个人的写作内容无论多么有意思，多么富有嬉戏性、搞笑性，那也绝不可能仅仅是为了自娱。绝不可能自己写完了，笑够了，于是一件事作罢，拉倒。说是自娱，目的其实在于娱人。没见过一个人说单口相声给自己听，自己搞笑给自己看的。周星驰主演的《大话西游》，乃是搞笑给大众看的。一人乐乐，岂如与人同乐？所以细分析起来，其实只有娱乐性写作一说。在写的人，主要之目的是"娱"他人，更多的人。他人不"娱"，则己不能"娱"也。更多的人"娱"了，自己才"娱"。

这种写作不同于以上几种写作。企图听到叫好反应的心思往往是相当强烈的。正如在生活中，开别人的玩笑是为了自己和众人开心。开自己的玩笑也是为了同一目的。生活中有什么现象，文学中便有什么现象。文学中有什么现象，就证明人性对写作这一件事有什么需求。这种写作又可能是一个嘻嘻哈哈的陷阱。在低标准上也许流于庸俗，甚至可能流于痞邪。正如生活中有人专以羞辱耍弄他人为乐，为能事。自得其乐，不以为耻。民间叫"耍狗蹦子"。这类写作在低标准上既如此容易，且往往不无闲男散女的叫好、喝彩和廉价的笑声，所以每诱专善此道的人着迷于此。写的和看的，都到了这份儿上，便是一种文化的吸毒现象了。起码是一种嗜痂现象。

大学学子，尤其是中文学子，始于娱乐写作，无妨。但又何妨超越一下娱乐写作呢？因为是大学生啊！因为是学中文的啊！

以哪一类写作超越之呢？

我主张诸位也要尝试自修写作、人文写作。自修写作，无非启智、言志、省悟人生、感受人性细腻之处兼及解惑于人。人人都希望自强，但不知自修又何谈自强？自修写作，改变我们的认知方法、思想方法、感情方式，能使我们做人处事有原则。而人文写作，弘扬人性、人道和社会良知，乃是人类写作历史延续至今的主要理由之一。

我主张，同学们尤其是那些也想要写作，但入大学以前，除了作文几乎没进行过别类写作的同学，首先从感情写作并接近文学意义上写作。当写作这一件事与我们心灵的感情闸门相关了，技巧是处于第二位的。

在文学欣赏教学中，也许会将一篇情真意切的作品解构了，横讲竖讲。仿佛那样一篇作品，是按照最经典的文学原理，以最高超的技法将内容组合起来的，于是才达到了完美似的。其实，我的体会不是那样的。那时的写作者头脑之中，是连读者也不考虑的。那时写作这一件事变得相当纯粹，只是为了记录一种感情而已。因为纯粹，所以写作变得像自然界的事物一样自然而然。

但必须强调，我这样说是相对的，因为修辞能力，体会情感深浅的区别，个人禀赋的区别，使这类习写状态差距极大。

我之所以有此建议，乃因它根本不理会技法和经验。所以往往不至于被技法和经验之类吓住了蒙住了而不敢写。为记录感情写作，人人当敢为之。既为之，所谓技法和经验，则必在过程之中自己体会到。有了些最初的体会再听传授，比完全没有自己体会的情况下，希望听足了再写，要好得多。

总而言之，写作这一件事，只听是不够的。大学中文的教学，听得太多，习写太少，所以容易眼高手低，流于嘴皮子上的功夫。

　　总而言之，以上一切写作，都比只听不写好。学着中文，只听不写，近乎自欺欺人……

文学语言之断想

　　文学，是运用语言进行创作的艺术。因此，作品语言的艺术性如何，一定程度上，会增强或削弱作品本身的艺术价值，体现着作者的文学艺术修养。

　　说语言是文学创作的基本工具，这话不错，却并不周密。语言不仅仅是文学创作的"工具"而已。固然，"工具"对产品质量有决定性的意义。但"工具"一般都不是产品的全部。产品一旦成为产品，就摆脱了与"工具"之间的联系。而人们在欣赏评价一部文学作品时，是包括了对这部作品的语言的艺术评价的。作品一旦以发表的方式成为"精神产品"，语言这一"工具"就成为作品不可分割的一部分，与作品本身的美学价值共存。"工具"与产品浑然一体，不充分而论之了。

　　作品的艺术风格，作家的创作个性，除了体现作家对生活独到的观察、思考和概括、表达能力，还体现着作家运用语言的功力。杰出的作家必然也是语言大师。语言在作家笔下，应犹如琴键在钢琴家指下，或雷霆万钧，或微风细雨，全在得心应手的轻抚重按之间。

我的文学功底很浅薄，作品多数平庸。偶有一两篇受到读者及评论家的鼓励，也不过是因题材本身的特点，还远谈不到语言的风格。我的写作可分为两个阶段，划分线便是那篇稍有激情但还幼稚的小说《这是一片神奇的土地》。此篇发表之前，我不过是一个学习写作的文学青年，读者和编辑们对一个文学青年的作品，往往是很"宽大为怀"的。只要有些生活气息，有些真情实感，角度有些新意，各编辑部出于"扶持"，也就发表了。作品发表，自己似乎也就"如愿以偿"了。其实，一个有志于文学的青年，是不应该以此为满足的。我希望自己的写作，能在五年之后和十年之内开始取得一点成绩，开始成熟起来。五年至十年，作为一个学习写作者的成熟过程，我认为是起码的时间。我相信经过自己的努力，在这段时间，功底是会积蓄得坚实一些的。电影中有一种拍摄方法叫作"渐显"，我真希望自己能够这样一步一个脚印地渐渐走上创作道路。但一篇《这是一片神奇的土地》，虽然很幼稚，虽然学生腔，虽然存在着明显的创作上的不良倾向（如某些同志所善意地提出的批评——"引用"外国人物和故事过多，给人"卖弄"的印象），却似乎使我的名字在读者和编辑朋友中"响亮"了些。所谓"一举成名"，这又有点像电影中的"推出"。我始而沾沾自喜，内心里对自己也多少有点"刮目相看"。继而又转喜为忧了。好在还有点自知之明，不致因一篇作品的获奖，弄到昏昏然飘飘然的地步，发现自己还是自己，实际上的"半斤八两"，并没有真正长了点分量。可读者和编辑朋友们却"翻脸不认人"了，开始用看待"获奖作者"的眼光来看待我，开始用"获奖作者"的写作水平来要求我的作品了。而一篇获奖，仅只是一篇的水平而已，我的"整体"写作水平，依然是很低的。这可就使我处于进退两难的地步了。进退两难，倒也并非可悲。我开始冷静思考，下一步的写作，今后一个时期内的写作，该有哪些方面的提高。

前一时期，为两家出版社结短篇小说集，便认真重读了自己近年来的大部分作品。但凡认真，总会发现点什么的。于是我发现，我的作品，不但运用素材的准确方面、结构的严谨方面、思想的深刻性方面、角度的选择方面，都有所不及，就连语言的特点方面，也大为逊色。找来某些优秀作品再细读，愈加不得不承认高下优劣之分。一比较，就看出了我的"粗制"来（我不想将"滥造"这顶帽子戴在自己头上，那对自己有点不公道）。

我想，除了写作的其他方面有待提高，在语言方面，我是更应该下大的功夫去提高的。

如何提高呢？作者们只有在写作的困惑时期，才想到了评论家们。于是翻阅起评论文章来。结果就有一个小小的发现——原来我们的大多数评论家，对于我们的大多数作家的大多数作品的语言风格，评论甚少。即使偶有评论之词，也往往三言两语，缺少专门的论述，更谈不上研究了。这不能不说是评论家们的一个失误，一个颇令人有点失望的失误。

　　记得我在中学时代，读《红旗谱》《青春之歌》《创业史》《骆驼祥子》《暴风骤雨》《荷花淀》等优秀作品，也喜欢读关于这些作品的种种评论文章。那时的一些评论文章，就有专门谈到以上作品语言特色和风格的。老舍、孙犁、周立波、梁斌、柳青，不但是大作家，而且可以说是我们当代文学的语言大师。

　　我们目前不是正在提倡和鼓励作家，要认真创作出具有我们民族文学风格的好作品来吗？那么我们的评论家，怎么能忽略对于我们民族的文学语言的研究呢？

　　什么是文学语言？什么是具有我们民族特点的文学语言？当代文学的文学语言有什么特点？有什么发展趋向？既要具有我们民族文学传统的特点，又要具有当代文学的时代特点，这二者在文学语言方面怎样结合？有哪些当代作家的作品可作这方面的范例？我想，重视和加强诸如这些方面的文学评论和研究工作，对于提高我们整个文学队伍的文学语言素养，对于提高我们时代文学的水平，不是无益的。

细心的读者一定会注意到，我在这篇文字中始终谈到的是"文学语言"。这是因为，我觉得，在我们的文学评论中，不但对于文学的语言问题重视不够，而且很有些理论上和观点上的偏执。我们似乎过于强调，有时甚至是过于推崇文学创作中的"生活语言"了。即把生活中的日常口语简单地搬到作品中去，以为这样才贴近生活，真实、生动。而"生活语言"，又往往被简单地注解为"大众语言"。某些作品的语言稍不"大众化"，又往往被批评为"书卷气"。

其实，"生活语言"或曰"大众语言"跟"文学语言"并不是可以简单地画上等号的。对这个问题要加一点分析。

我的籍贯是山东，却是在东北出生并长大的。东北人将"你到哪儿去"说成是"你到哪嘎嗒去"，将"你干什么去"说成是"你干哈去"，将"你怎么搞的"说成是"你咋整的"，将"有点咸"说成是"咸了巴叽的"，将"有点淡"又说成是"淡了巴叽的"。这类东北土话，生活化倒是够生活化的，大众口语化倒是够大众口语化的，但却不那么美，应在文学作品中加以摈除。

去年我在某刊物读到一篇小说，其中不乏"嘎嗒"和"巴叽"之类，还有评论褒扬它的语言风格如何如何。我看这种评论对于创作就有点"帮倒忙"了。

"生活语言"或曰"大众语言",也是随着大众文化水平的提高而不断演变的。东北人,即使是农民,40岁以内的,就大多数而言,也不再是张口"嘎嗒"闭口"嘎嗒"了。

前一时期休病假,病中翻闲书,偶看一本书《海上花列传》,是写清末上海青楼生活的。上海人将"不要"说成是"勿要",发音极快,两字拖带而出。于是作者老先生就自行创造了一个字"覅",并在"序言"中注解,是为了"加强作品的地方语言特点"云云。可谓写作态度极其认真了,但对"大众语言"特点苛求到这种程度,我以为是完全不必也不足取的。

当然"生活语言"或曰"大众语言",跟"文学语言"并不矛盾。"文学语言"来自"生活语言",来自"大众语言",但又需要进行提炼加工,要剔除糟粕取其精华,这是文学的任务。"文学语言"应当成为"生活语言"和"大众语言"的"教科书",为语言的纯洁和规范化,为提高我们整个民族的语言素质做出贡献。

我每每在阅读当代作品中有一种感觉,那就是,我们反映农村生活的作品,我们反映乡镇生活的作品,"文学语言"的民族特点常常是很浓重的。而反映大工业题材的作品,尤其是反映大都市生活的作品,更尤其是反映大都市知识分子阶层生活的作品,其"文学语言"的民族特点,相形之下就很淡薄了。有些作品甚至很有些"翻译文学"的味道。这些作品应该如何继承和发扬我们民族的"文学语言"的传统？这个问题常使我困惑不解。我自己在写作过程中，一接触到都市生活，一接触到知识分子阶层的生活，往往便会"情不自禁"地模仿起翻译作品的"文学语言"来。倒并非由于"崇洋"，而是由于捕捉不到反映这一类题材的、我们民族文学的又是当代文学的"文学语言"的特点。写作过程中常常感到，翻译作品的"文学语言"，倒似乎成了运用起来很便当的语言，我们本民族的"文学语言"，竟似乎成了运用起来很不熟练的语言了。其他青年作者在写作中是否也有这种情况，不得而知。

最近忽然对京剧发生了兴趣，偶有余暇，很喜欢找来一册什么京剧唱本读读。电视里有好的京剧节目播放，也从不错过机会看看。因而由此发现，我们民族的"文学语言"，在某些精彩的京剧唱词中是体现得很高明的。受到了一点启发，却还没有在自己的写作中加以实践。就是当真实践起来，效果如何，也不敢预先设想。

小说是平凡的

××同志：

您促我写创作体会，令我大犯其难。虽中断笔耕，连日怔思，头脑中仍一片空洞，无法谋文成篇。屈指算来，终日孜孜不倦地写着，已20余个年头了。初期体会多多，至今，几种体会都自行地淡化了。唯剩一个体会，越来越明确。说出写出，也不过就一句话——小说是平凡的。

诚然，小说曾很"高级"过。因而作家也极风光过。但都是过去时代乃至过去的事儿了。站在21世纪的门槛前瞻后望，小说的平凡本质显而易见。小说是为读小说的人们而写的。读小说的人，是为了从小说中了解自己不熟悉的人和事才读小说的；也是为了从小说中发现，自己以及自己所属的社会阶层的生活形态，在不同的作家看来是怎样的。这便是当代中国现实主义小说和读者之间的主要联系了吧？至于其他当代现实主义以外的小说，自然另当别论。但我坚持的是小说的现实主义和当代性，也就没有关于其他小说的任何创作体会。据我想来，伟大的现实主义的小说，恰恰伟大在它和读者之间的联系的平凡品质这一点上。平凡的事乃是许多人都能做一做的，所以每一个时代都不乏一批又一批写小说的人。但写作又是寂寞的往往需要呕心沥血的事，所以又绝非谁都宁愿终生而为的事。所以今后一辈子孜孜不倦写小说的人将会渐少。一辈子做一件需要呕心沥血，意义说透了又很平凡的事，不厌倦，不后悔，被时代和社会漠视的情况下不灰心，不沮丧，不愤懑，不怨天尤人；被时代和社会宠幸的情况下不得意，不狂妄，不想象自己是天才，不夸张小说存在的价值和意义，这就很不平凡了。小说家这一种职业的难度和可敬之处，也正在于此。伟大的小说是不多的。优秀的小说是不少的。伟大也罢，优秀也罢，皆是在小说与读者之间平凡又平易近人的联系中产生的……

作家各自经历不同，所属阶层不同，睽注时代世事的方面不同，接受和遵循的文学观念不同，创作的宗旨和追求也便不同。以上皆不同，体会你纵我横，你南我北，相背相左，既背既左，还非写出来供人们看，徒惹歧议，倒莫如经常自我梳理、自我消化、自悟方圆得好……

然不交一稿，太负您之诚意，我心不安。权以此信，啰唆三四吧！

我以为一切作家的"创作体会"之类，其实都是极个人化的。共识和共性当然是存在的。但因为是"共"的、"同"的，尤其没有了非写出来的必要和意义。恰恰是那极"个人化"的部分，极有歧义的体会，对于张作家或李作家自己，是很重要的，很难被同行理解的，同时也是区别于同行的根本。它甚至可能是偏颇执拗的……

我写我认为的小说

文学是一个大概念，我似乎越来越谈不大清。我以写小说为主。我一向写我认为的小说，从不睥视别人在写怎样的小说。文坛上任何一个时期流行甚至盛行的任何一阵小说"季风"，都永远不至于迷了我的眼。我将之作为文坛的一番番景象欣赏，也从中窃获适合于我的营养。但欣赏过后，埋下头去，还是照写自己认为的那一种小说。

我认为的那一种小说，是很普通的、很寻常的、很容易被大多数人读明白的东西。很高深的、很艰涩的、很需要读者耗费脑细胞去"解析"的小说，我想我这辈子是没有水平去"创作"的。

我从小学五六年级就开始读小说。古今中外，凡借得到的，便手不释卷地读，甚至读《聊斋》。读《聊斋》不认识的字太多，就翻字典。凭了字典，也只不过能懂个大概意思。到了中学，读外国小说多了。所幸当年的中学生，不像现在的中学生学业这么重，又所幸我的哥哥和他高中的同学们，都是小说迷，使我不乏小说可读。说真话，中学三年包括"文革"中，我所读的小说，绝不比我成为作家以后读的少。这当然是非常羞愧的事。成了作家似乎理应读更多的小说才对。但不知怎么，竟没了许多少年时读小说那种享受般的感受。从去年起，我又重读少年时期读过的那些世界名著。当年读，觉得没什么读不懂。觉得内中所写人和事，一般而言，是我这个少年的心灵也大体上可以随之忧喜的。如今重读，更加感到那些名著品质上的平易近人。我所以重读，就是要验证名著何以是名著。于是我想——大师们写得多么好啊！只要谁认识了足够读小说的字，谁就能读得懂。如此平易近人的小说，乃是由大师们来写的，是否说明了小说的品质在本质上是寻常的呢？若将寻常的东西，当成不寻常的东西去"炮制"，是否有点儿可笑呢？

我曾给我的近80岁的老母亲读屠格涅夫的《木木》、读普希金的《驿站长》、读梅里美的《卡门》……

老母亲听《木木》时流泪了……

听《驿站长》时也流泪了……

听《卡门》时没流泪。虽没流泪，却说出了这样的话——"这个女子太任性了。男人女人，活在世上，太任性了就不好！常言道，进一步山穷水尽，退一步海阔天空，干吗就不能稍退一步呢？……"

这当然与《卡门》的美学内涵相距较大，但起码证明她明白了大概……

是的，我认为的好小说是平易近人的。能写得平易近人并非低标准，而是较高的标准。大师们是不同的，乔伊斯也是大师，他的《尤利西斯》绝非大多数人都能读得懂的。乔伊斯可能是别人膜拜的大师，但他和他的《尤利西斯》都不是我所喜欢的。他这一类的大师，永远不会对我的创作产生影响。

我写字桌的玻璃板下，压着朋友用正楷为我抄写的李白的《将进酒》。那是我十分喜欢的。句句平实得几近于白话！最伟大、最有才情的诗人，写出了最平易近人、最豪情恣肆的诗，个中三昧，够我领悟一生。

我不能说明白小说是什么，但我知道小说不该是什么。小说不该是其实对哲学所知并不比别人多一点儿的人图解自以为"深刻"的哲学"思想"的文体。人类已进入21世纪，连哲学都变得朴素了。连有的哲学家都提出了要使哲学尽量通俗易懂的学科要求，小说家的小说若反而变得一副"艰深"模样的话，我是更不读的。小说尤其长篇小说，不该是其实成不了一位好诗人的人借以炫耀文采的文体。既曰小说，我首先还要看那小说写了什么内容，以及怎样写的。若内容苍白，文字的雕琢无论多么用心都是功亏一篑的。除了悬案小说这一特殊题材而外，我不喜欢那类将情节故布成"文字方程"似的玩意儿让人一"解析"再"解析"的小说。今天，真的头脑深刻的人，有谁还从小说中去捕捉"深刻"的沟通？

我喜欢寻常的、品质朴素的、平易近人的小说。我喜欢写这样的小说给人看。

或许有人也能够靠了写小说登入什么所谓"象牙之塔"。但我是断不会去登的，甚至并不望一眼。哪怕它果然堂皇地存在着，并且许多人都先后登入了进去。

我写我认为的小说，写我喜欢写的小说，写较广泛的人爱读而不是某些专门研究小说的人爱读的小说，这便是我的寻常的追求。即使为这么寻常的追求，我也衣带渐宽终不觉，并且终不悔……

睽注平民生活形态

我既为较广泛的人们写小说，既希望写出他们爱读的小说，就不能不睽注平民生活形态。因为平民构成我们这个社会的大多数,还因为我出身于这一个阶层。我和这一个阶层有亲情之缘。

我认为,事实上每一个人都有他或她的"阶层"亲情。这一点体现在作家们身上更是明显得不能再明显。商品时代,使阶层迅速分化出来,使人迅速地被某一阶层吸纳,或被某一阶层排斥。

作家是很容易在心态上和精神上被新生的中产阶级阶层所吸纳的。一旦被吸纳了,作品便往往会很"中产阶级气味儿"起来。这是一种必然而又自然的文学现象。这一现象没什么不好。一个新的阶层一旦形成了,一旦在经济基础上成熟了,接下来便有了它的文化要求,包括文学要求。于是便有服务于它的文化和文学的实践者。文化和文学理应满足各个阶层的需要。

从"经济基础"方面而言,我承认我其实已属于中国新生的中产阶级阶层。我是这个阶层的"中下层"。作家在"经济基础"方面,怕是较难成为这个新生阶层的"中上层"的。但是作家在精神方面,极易寻找到在这个新生阶层中的"中上层"的良好感觉。

我时刻提醒和告诫我自己万勿在内心里滋生出这一种良好感觉。我不喜欢这个新生的阶层。这个新生的阶层,氤氲成一片甜的、软的、喜滋滋的、乐融融的,介于满足与不满足、自信与不自信、有抱负与没有抱负之间的氛围。这个氛围不是我喜欢的氛围。我从这个阶层中发现不到什么太令我怦然心动的人和事。

所以我身在这个阶层，却一向是转身背对这个阶层的。瞵注的始终是我出身的平民阶层。一切与我有亲密关系乃至亲爱关系的人们，几乎无一例外地仍生活在平民阶层。同学、知青伙伴、有恩于我的、有义于我的，比起新生的中产阶级阶层，他们的人生更沉重些，他们的命运更无奈些，他们中的人和事，更易深深地感动我这个写小说的人。

但是我十分清醒，他们中的大多数，其实是无心思读小说的。我写他们，他们中的大多数也不知道。我将发生在他们中的人和事，写出来给看小说的人们看。

我又十分清醒，我其实是很尴尬的——我一脚迈入新生的中产阶级里，另一只脚的鞋底儿上仿佛抹了万能胶，牢牢地粘在平民阶层里，想拔都拔不动。我的一些小说里，自然而然地流露出了我的尴尬。

这一份尴尬，有时成为我写作的独特视角。

于是我近期的小说中多了无奈。我对我出身的阶层中许多人的同情和体恤再真诚也不免有"抛过去"的意味儿。我对我目前被时代划归入的阶层再厌烦也不免有"造作"之嫌。

但是我不很在乎，常想，也罢。在一个时期内，就这么尴尬地写着，也许正应了那句话——前不着村，后不着店，所以才继续地脚不停步地在稿纸上"赶路"。完完全全彻彻底底变成了中国新生的中产阶级的一员，即使仅仅是"中下层"中的一员，我也许就什么都写不出来了……

我是个"社会关系"芜杂的人

中国的作家，目前仍分为两大类——有单位的，或没有单位的。有单位的比如我，从前是北影厂的编辑，如今是童影厂的员工。没单位的，称"专职"作家，统统归在各级作家协会。作家协会当然也是单位，但人员构成未免太单一。想想吧，左邻是作家，右舍也是作家。每个星期到单位去，打招呼的是张作家，不打招呼的是李作家。电话响了，抓起来一听，不是编辑约稿、记者采访，往往可能便是作家同行了。所谈，又往往离不开文坛那点子事儿。

写小说的人常年生活在写小说的人之中，在我想来，真是很可悲呢。

我庆幸我是有单位的。单位使我接触到实实在在的，根本不写小说，不与我谈文学的人。一个写小说的人，听一个写小说的人谈他的喜怒哀乐，与听一个不写小说的人谈他的喜怒哀乐，听的情绪是很不一样的。

　　我接触的人真的很芜杂。三十六行七十二业，都不拒之门外。我的家永远不可能是"沙龙"。我讨厌的地方，一是不干净的厕所，二是太精英荟萃的"沙龙"。倘我在悠闲着，我不愿与小说家交流创作心得，更不愿听小说评论家一览文坛小的"纵横谈"。我愿意的事是与不至于反感我的人聊家常。楼下卖包子的，街口修自行车的，本单位的门卫，在对面公园里放风筝的老人，他们都不反感我，都爱跟我聊，甚至我儿子的同学到家里来，我也搭讪着跟他们聊。我并非贼似的，专门从别人嘴里不花钱就"窃取"了小说的素材。我不那么下作，也不那么精明。我只是觉得，还能有时间和一些头脑里完全没有小说这一根筋，根本不知道还有"文坛"这码子事儿的人聊聊家常，真不失为一种幸福啊！多美妙的时光呢！连在早市上给我理过几次头的老理发师傅，也数次到我家串门，向我讲他女儿下岗的烦愁，希望我帮着拿个主意。但凡有精力，我真诚地分担某些信赖我的人们的烦愁，真诚地参与到他们所面临的困境中去，起码帮他们拿拿主意。其实，我是一个顶没能力帮助别人的人。经常的做法是，为这些人的烦愁之事，转而去求助另外的一些人。而求人对我又是极令自己状窘之事，十之七八是白费了口舌，白搭了面子；偶能间接地帮助了别人，如同自己的困难获得了解决一样高兴。这种生活形态，牵扯了我不少

196

时间和精力，但也使我了解到中下层人们的非常具体、非常实际的烦愁。他们的烦愁、他们的命运的无奈，都曾作为情节和细节被我写入我的小说里，比如《表弟》、比如《学者之死》。20年前哈市老邻的儿子二小在现今走投无路——为了给已37岁的二小安排一条人生出路，我求过那么多人！还亲自到京郊的几处农村去"考察"，希望能为二小在那些地方找到安身立命之所。为使在我家做了两年保姆的四川女孩儿小芳的命运能有改变，我不惜以我的著作权为筹码——谁能帮助她在四川老家附近的县城解决职业，我愿降低条件同意出版我的文集。我为我的一名中学同学的工作问题向赵忠祥求过字；为我的另一名同学的儿子的上学问题向韩美林求过画；为我的一位触犯了刑法的知青战友做过保释人；我每年要想着给北大荒的一位"嫂子"寄几次钱——我当年在北大荒当小学教师，她的丈夫是校长，他们关心和呵护我，如同对待一个弟弟，她丈夫因患癌症去世了，她的儿子也死于不幸事件……

有朋友曾善意地嘲笑我，说——晓声，你呀你呀，我将你好有一比。

我问他比作什么。

他说——旧中国的某些私塾先生，较为善良的那一类。明明没什么能力，又，偏偏地缺少自知之明，一厢情愿地想象自己是观世音，仿佛能普度众生似的……

197

我只有窘笑的份儿，承认他的比喻恰当。

我的生活形态，使我心中"囤积"了许许多多中国中下层人们的"故事"。一个个将他们写来，都是充满了惆怅、无奈和忧伤的小说。我只觉时间不够，精力不够，从没产生过没什么可写的那一种困乏。这在我的创作中带来的一个弊端乃是——惜时如金而又笔耕太匆的情况下，某些小说写得毛糙、遣词不斟、行文粗陋。

我意识到的，我就能改正。

以"冷眼向洋看世界"的目光观望别人的烦愁、别人的困境、别人的无奈以及命运，无疑是一种独特的写作视角，无疑能写出独特的好小说，无疑能自成风格，自标一派。

如我似的，常常身不由己地、直接地掺和到别人的烦愁、别人的困境、别人的无奈及命运中去了，便写出了我的某些苦涩的、忧郁的，有时甚至流露出悲哀的小说。这也就是为什么，我近期的小说，以第一人称"我"的叙述方式铺展开来的多了的原因。写那样的小说，在我简直只能以第一人称叙述，而不愿以第三人称叙述。因为我希望读者从中看到较为真切的人和事。1997年第一期《十月》发表的中篇《义兄》，也是这一创作心态下的产物。

但——我绝不将我的生活形态作为"经验"向别人兜售。事实上这一种生活形态利弊各一半，甚至可以说弊大于利。好在我已习惯了、接受了这一无奈的现实。谁若也不慎堕入了此种生活形态，并且没有习惯过，他的情绪恐怕会极其躁乱，一个时期内什么也写不下去。

真的，千万别变成我，变成我那是很糟的。感受生活的方式很多，直接地掺和到别人们的烦愁、困境、无奈与命运中去，并非什么好方式。在我，是一种搞糟了的活法罢了。所谓还有"利"可言，实乃是"搞糟了的活法"中的"因势利导"。我还有许多学者朋友——经济学家、伦理学家、心理学家、法学博士……我还认得一些企业界人士……一旦有机会和他们在一起，我便接二连三地向他们讨教问题。有时也争论，甚至争论得面红耳赤。讨教和争论的问题，都是所谓"国家大事"——腐败问题、官僚体制问题、贫富悬殊问题、失业问题、法制问题、安定问题等等。在向他们讨教、和他们争论的过程中，我对国情的了解更多了一些、更宏观了一些、更全面了一些。他们一次次打消掉我的思想方法的种种片面和偏激，我一次次向他们提供具体的生活事例，丰富他们理性思维的根据。不是所有的作家都能和经济学家辩论经济问题。我和他们辩论时，也能如他们一样，扳着手指头列举出这方面那方面接近准确的数字。

这常令他们"友邦惊诧"，愕问我——晓声你是写小说的，怎么了解这么多？

我便颇得意地回答——我关注我所处的时代。

是的，我不讳言，我极其关注我所处的时代。关注它现存的种种矛盾的性质，关注它的危机的深化和转机的步骤，关注它的走向和自我调解的措施……

我认为——既为作家，既为中国的当代作家，对自己所处的当代，渐渐形成较全面的、较多方面的、较有根据的了解，不但是必要的，而且是重要的。因为，对时代大背景的认识较为清楚，才有一种写作的自信。起码自己能赞同自己——我为什么写这个而不写那个，为什么这样写而不那样写。

经常的情况之下，我凭作家的"良知"写作。

有人会反问——"良知"是什么？

我也不能给它下一个定义。

但我坚信它的的确确是有的。对于作家，有一点儿，比一点儿都没有好……

我不走"为文学而文学"的路

这一条路，据言是最本分的，也是最有出息的，最能造就伟大小说家的文学之路。

在当今之中国，我始终搞不大明白——"为文学而文学"，究竟是一条怎样的文学的路。

何况，我也从不想伟大起来。

我愿我的笔，在坚与柔之间不停转变着。也就是说——我愿以我的小说，慰藉中国中下层人们的心。此时它应多些柔情，多些同情，多些心心相印的感情。另一方面，我愿我的小说，或其他文学形式，真的能如矛，能如箭，刺穿射破腐败与邪恶的画皮，使之丑陋原形毕露。

我不知这一条路，该算一条怎样的文学的路?

而有一点我是知道的——我的绝大多数的同行，其实在走着和我一致的路。只不过他们不像我似的，常常自我标榜。我也并非喜欢自我标榜。没人非逼着我写什么说什么，我是从不愿对自己的创作喋喋不休的。被逼着说被逼着写，也就只有一而再，再而三地重复，重复的次数一多，当然也就成了自我标榜。好在和我走着一致的路的作家为数不少，那么我也就不仅仅是在为自己标榜了，也根本不会因伟大不起来而沮丧，反正又不只我自己伟大不起来。何况"为文学而文学"者，也未必就能真的伟大起来。或曰他们的伟大不起来，意味着"为文学而文学"的悲壮的自殉。那么我也想说，我辈的不为"文学"而文学，未尝不是为文学的极平易近人的生命力之体现而自耗。下场并不相差太大，就都由着性子写下去得好。

我不认为商业时代文学就彻底完蛋了。

商业时代使一切都打上了商业的烙印。文学没有任何理由要求幸免。应该看到,商业时代使出版业空前繁荣了。这繁荣的前提之下,文学有相当一部分变质了。但总量上比较,变质的仅仅是一小部分。归根结底,商业时代不太可能毁灭一位有实力的作家,作家的创作往往终结于自身生活源泉的枯竭,创作激情的下降,才能的力有不逮,以及身体、精力、心理等各方面的"资本"的空虚。

我不惧怕商业时代。但我也尽量要求自己,别过分地去迎合它一个时期的好恶。

小说家没法儿和一个已然商业化了的时代"老死不相往来"。归根结底时代是强大的,小说家本人的意志是脆弱的。比如我不喜欢诸如签名售书、包装、自我推销、"炒作"等创作以外之事,但我时常妥协,违心地去顺从。以前很为此恼火,现在依然不习惯。一旦被要求这样那样配合自己某一本书的发行,内心里的别扭简直没法儿说。但我已开始尽量满足出版社的要求。不过分,我就照办。这没什么可感到羞耻的。

最后,我想说——我认为,归根结底,小说是为世俗大众的心灵需求而存在的。它的生命力延续至今,正是由于这一点。绝大多数名著的生命力延续至今,也正是由于这一点。这是我对小说的最基本的看法。如果有什么所谓"文学殿堂"的话,或者竟有两个——一个是为所谓"精神贵族"而建,一个是为精神上几乎永远也"贵族"不起来的世俗大众而建，那么我将毫不犹豫地走入后者，对前者断然扭转头无视而过。

我常寻思，配在前者中备受尊崇的小说家，理应都是精神上相当高贵的人吧？

我扫视文坛，我的任何一位同行，骨子里其实都不那么高贵，有些模样分明是矫揉造作的。

我更愿自己这一个小说家，在不那么美妙的人间烟火中从心态上、精神上、感情上，最大限度地贴近世俗大众，并为他们写他们爱看的小说……

××同志，啰里啰唆，就写到这儿。你要求我可以写15000字，我只能写够你要求的字数之一半。对我自己的创作，我实在没那么多可说的。以上文字，算是些大白话、大实话吧！

再三请谅！

小说平凡了以后

小说有过很不入流的时代。

是的，无论在中国还是在别国，都曾有过那样的时代，或者说那样的世纪更确切。

那样的世纪是诗的世纪。在那样的世纪，连散文和随笔的文学地位，也都在小说之上。比如《唐璜》和《浮士德》，其实更接近小说的体裁。文学家们似乎觉得用诗的形式来结构"长篇故事"才足以证明其才华。又比如更早的《荷马史诗》，这种以诗的形式演义历史的现象，从许多国家都可以找出例子。就说《圣经》吧，诗的成分、意味，也起码和小说的特征是平分秋色的。

但小说确乎很伟大过。它只稍许比诗年轻一点点。虽然至今人们仍用"史诗性"三个字来称道伟大的小说，而伟大的小说却自有其与诗不同的伟大处——没有一首诗能像伟大的小说那样与人类的阅读习惯发生最亲密的接触。

20世纪中叶以后，诗渐渐地寂寞了。

现在，小说也寂寞了。不但寂寞了，而且平凡了。发达的印刷业、传媒界，加上电视机、影碟机、电脑这些科技产品的问世，削减了小说以往对人类生活的影响，甚至挑战了人类古老的阅读习惯。毕竟，图像比单纯的文字对人眼具有更强大的吸引力。写小说这件事，已经像歌唱模仿秀一样，不再高不可攀。

我早在20世纪80年代就写过一篇相当长的文章发表于《光明日报》，题目是"奥林匹斯的黄昏"。那时小说还正在中国红得发紫着。那时我预见，在以后的20年间，中国人的消遣心理，必将欣赏的愿望厚厚地压在底下。以后20年间的小说，取悦于人们一般消遣的动意，也必日渐明显。

现在的小说总体上正是这样，尽管有我的许多同行继续努力地做着种种提升它性质的实践；却毕竟的，分明的，普遍之人们对小说的要求更加俗常了。

小说是在这一背景下平凡的。平凡的事物，并非便是已经不值得认真对待的事物。所有写小说的人，在动笔写一篇小说时的状态都无疑是相当认真的，对小说的理解决定着各自不同的认真尺度。在关于小说的一切说法中，经过思考，我最终接受了这样的理念——作家是时代的书记员，小说是时代的备忘录。于是有我现在的一系列小说"出生"，自然包括《档案》这样的小说……

我的使命

据我想来，一个时代如果矛盾纷呈，甚至民不聊生，文学的一部分，必然是会承担起社会责任的。好比耗子大白天率领子孙在马路上散步，蹲在窗台上的家猫发现了，必然会很有责任感或使命感地蹿到街上去，当然有的猫仍会处事不惊，依旧蜷在窗台上晒太阳，或者跃到宠养者的膝上去喵喵叫着讨乖。谁也没有权力，而且也没有办法，没有什么必要将一切猫都撵到街上去。但是在谈责任感或使命感时，前一种猫的自我感觉必然会好些。在那样的时代，有些小说家，自然而然地，可能由隐士或半隐士，而猛士而斗士。有些诗人，可能由吟花咏月，而爆发出诗人的呐喊。怎样的文学现象，更是由怎样的时代而决定的。忧患重重的时代，不必世人翘首期待和引颈呼唤，自会产生出忧患型的小说家和诗人。以任何手段压制他们的出现都是煞费苦心徒劳无益的。倘一个时代，矛盾得以大面积地化解，国泰民安，老百姓心满意足，喜滋乐滋，文学的社会责任感，也就会像嫁入了阔家的劳作妇的手一样，开始褪茧了。好比现如今人们养猫只是为了予宠，并不在乎它们逮不逮耗子。偶尔有谁家的娇猫不知从哪个土祠旮旯儿逮住一只耗子，叼在嘴里喵喵叫着去向主人证明自己的责任感或使命感，主人心里一定是甭提多么腻歪的了。在耗子太多的时代，能逮耗子的才是好猫。人家里需要猫是因为不需要耗子。人评价猫的时候，也往往首先评价它有没有逮耗子的责任感或使命感。在耗子不多了的时代，不逮耗子的猫才是好猫。人家里需要猫已并不是因为家里还有耗子。逮过耗子的猫再凑向饭桌或跃上主人的双膝，主人很可能正是由于它逮住耗子而呵护它。嗅觉敏感的主人甚至会觉得它嘴里呼出一股死耗子味儿。在这样的时代，人们评价一只猫的时候，往往首先评价它的外观和皮毛。猫只不过是被宠爱和玩赏的活物，与养花养鱼已没了多大区别。狗的价值的嬗变也是这样。今天城里人养狗，不再是为了守门护院。狗市的繁荣，也和盗贼的多起来无关。何况对付耗子，今天有了杀伤力更强的鼠药。防患于失窃，也生产出了更保险的防盗门和防盗锁。

时代变了，猫变了，狗变了，文学也变了，小说家和诗人，不变也得变。原先是斗士，或一心想成为斗士以成为斗士为荣的，只能退而求其次变成猾士，或者干脆由猾士变成隐士。做一个现代的隐士并不那么简单，没有一定的物质基础虽然"隐"而"士"也总归潇洒不起来。所以旁操他业或使自己的手稿与"市场需求接轨"，细思忖也是那么情有可谅。非但情有可谅，简直就合情合理啊！鲁迅先生即便活到现在，并且继续活将下去的话，在当代青年对徐志摩的诗和梁实秋的散文很热衷了一阵子之后，还要坚持他的《"丧家的""资本家的乏走狗"》的风骨吗？他是不是也会面对各方约稿应酬不暇，用电脑打出一篇篇闲适得不能再闲适的文章寄出去期待着稿费养家糊口呢？

但是问题在于——我们这个时代，究竟是忧患更多了、矛盾更普遍更尖锐了，还是忧患和矛盾已被大面积地化解，接近于国泰民安，老百姓只要好好过日子就莺歌燕舞了？

任何一个人几乎都有一百条理由仍做一个忧患之士，比如信仰失落，道德沦丧，民心不古，情感沙化，官僚腐败，歹徒横行，贫富悬殊……这些足令某些人身不由己地变成忧患之士。如果他不幸同时还是小说家或诗人（今天诗人已经被时代消化得所剩无几了），那么他的小说里、他的诗里，满溢着责任感使命感什么的，他大声疾呼文学要回归责任感使命感什么的，当他是个偏执狂，并不多么公道，也难以证明自己才更是小说家或诗人。在他之前古今中外有过许许多多他这样的小说家和诗人，并不都是疯子，起码并不比尼采疯多少。比如杜甫和白居易的诗，直到今天仍在被世人经常引用，一点儿也不比被自作聪明的后人贴上"纯诗"之标签的李清照和"超现实主义"之标签的李白缺少价值……

任何一个人几乎又都有一百条理由做一个闲适之士。如果他刚好同时还是小说家或诗人，便几乎又都有一百条理由认为，文学的责任感已变得那么多余，已成一种病入膏肓的呓语。改革已取得了举世瞩目的伟大成绩，市场繁荣，生活水平提高，"海"里很热闹、岸上很消停，老百姓人人都一门心思挣钱奔小康，朗朗乾坤光明宇宙，文学远离现实的时代明明已经到来了，还遑论什么责任感、使命感？喋喋不休地干什么呀？烦人不烦人呀？在他之前古今中外有过许许多多他这样的小说家和诗人。他们的小说和诗正被一批又一批地重新发现、重新评价、重新出版，掀起过一阵阵的什么什么热，似乎证明了没什么社会责任感使命感的远比有责任感使命感的小说或诗，文学之生命力更长久……

倘偏说他们逃避现实也当然值得商榷。因为他们的为文的选择是不无现实根据的。

孰是孰非？

我想因人而异。甚至，更是因人的血质而异的吧？

当然，也由人的所处经济的、政治的、自幼生活的环境和家庭影响背景所决定的吧？南方老百姓对现实所持的态度，与北方老百姓相比就大有区别。

南方的知识分子谈起改革来，与北方的知识分子也难折一中。

南方的官员与北方的官员同样有很多观点说不到一块儿去。

南方的作家和北方的作家，呈现出了近乎分道扬镳的观念态势，则丝毫也不足怪了。这就好比从前的猫与现在的猫，都想找到猫的那点子最佳的感觉，都以为自己找到的最佳亦最准确，其实作为猫，都仍是猫也不是猫了。于南方而言，并不意味着什么进化。于北方而言，并不意味着什么退化。只不过是同一个物种的嬗变罢了。何况，不论在南方还是北方，作家还剩一小撮，快被时代干净、彻底地消化掉了。

所以现在是一个最不必讨论文学的时代。讨论也讨论不出个结果。恰符合"存在的即合理的"之哲学。

至于有几个西方人对中国文坛的评评点点，那是极肤浅、极卖弄的。对于他们我是很知道一些底细的。他们来中国走了几遭，待了些日子，学会了说些中国话，你总得允许他们寻找到卖弄的机会。权当那是吃猫罐头长大的洋猫对中国的猫们——由逮耗子的猫变成家庭宠物的猫，以及甘心变成家庭宠物、仍想逮耗子的猫们的喵喵叫罢。从种的意义上而谈，它们的嬗变先于我们。过来人总要说过来话，过来猫也如此。

本届诺贝尔文学奖，授予一位美国黑人女作家，而她又是以反映黑人生活而无愧受之的，这本身就是对美国当代文学的一种含蓄的讽刺。

而我自己，如今似乎越来越悟明白了——小说本质上应该是很普通、很平凡、很寻常的。连哲学都开始变得普及的时代，小说的所谓高深，若不是作家的作秀，便是吃"评论"这碗饭的人的无聊而鄙俗的吹捧。我倒是看透了这么一种假象——所谓为文学而文学的作家，在今天其实是根本不存在的。以为自己是大众的启蒙者或肩负时代使命的斗士，自然很一厢情愿，很"堂吉诃德"。但以为自己高超地脱离了这个时代，肩膀上业已长出了一双仿佛上帝赋予的翅膀，在一片没有尘世污染的澄澈的文学天空上自由自在地飞翔，那也不过是一种可笑的感觉。全没了半点儿文学的责任感的负担，并不能吊在自己吹大的"正宗"文学的气球飞上天堂，刚巧就落在缪斯女神在奥林匹斯山为他准备好的一把椅子上……

但我有一天在北京电台的播音室里做热线嘉宾时，却没有说这么许多。归根结底，这是一些没意思的话。正如一切关于文学的话题今天都很没意思。所以还浪费笔墨写出来，乃是因为信马由缰地收不住笔了……

享受阅读

我热爱读书

读书——不，更准确地说，所谓"读"这一种习惯，对我已不啻是一种幸福。这幸福就在日子里，在每一天的宁静的时光里。不消说，人拥有宁静的时光，这本身便是幸福。而宁静的时光因阅读会显得尤其美好。

我的宁静之享受，常在临睡前，或在旅途中。每天上床之后，枕旁无书，我便睡不着，肯定失眠。外出远足，什么都可能忘带，但书是不会忘带的。书是一个囊括一切的大概念。我最经常看的是人物传记、散文、随笔、杂文、文言小说之类。《读书》《随笔》《读者》《人物》《世界博览》《奥秘》都是我喜欢的刊物，是我的人生之友。前不久，友人开始寄给我《世界警察》，看了几期，也喜爱起来。还有就是目前各大报的"星期刊""周末版"或副刊。

要了解我所生活的城市，大而至于我们这个国家，我们这个地球，每天正发生着什么事，将要发生什么事，仅凭晚上看电视里的"新闻"，自然是远远不够的。"秀才不出门，便知天下事"，是所谓"秀才"聊以自慰自夸的话，或者是人们对"秀才"们的揶揄。不过在现代社会里，传播媒介如此之丰富，如此之发达，对于当代人来说，不出门而大致地知道一些"天下事"，也是做得到的。

知道了又怎样？

知道了会丰富我对世界的认识。而这种认识，于我——一个以写作为职业的人来说，则是相当重要的。妄谈对世界的认识，似乎口气太大了，那么就说对周遭生活的认识吧。正是通过阅读，我感觉到周遭生活有时汹涌澎湃，有时潜流涡旋，有时微波涌荡……

当然，这只是阅读带给我的一方面的兴致。另一方面，通过阅读，我认识了许许多多的人。仿佛每天都有新朋友。我敬爱他们，甘愿以他们为人生的榜样。同时也仿佛看清了许多"敌人"，人类的一切公敌——人类自身派生出来的到自然环境中对人类起恶影响的事物，我都视为敌人。这一点使我经常感到，爱憎分明于一人是多么重要的品质。

创作之余，笔滞之时，我会认真地读一会儿文学期刊。若读的正是一篇佳作，便会一口气读完。不管作者认识与否，都会产生读了一篇佳作的满足感。倘是作家朋友们写的，是生活在同一座城市的人，又常忍不住拨电话，将自己读后的满足，传达给对方。这与其说是分享对方的喜悦，莫如说是希望对方分享我的喜悦。倘作者是外地的，还常会忍不住给人家写一封信去。

读，实在是一种幸福。

最后我想说，与我的中学时代相比，现在的中学生，似乎太被学业所压迫了。我的中学时代，是苦于无书可读。买书是买不起的，尽管那时书价比现在便宜得多。几个同学凑了七八分钱，到小人书铺去看小人书。这是永远值得回忆的往事了。现在的中学生们，可看的太多了，却又陷入选择的迷惘，并且失去了本该拥有的时间。生活也真是太苛刻了！

我挺怜悯现在的中学生的。

我真同情我的中学生朋友们。

读书会让寂寞变成享受

都认为，寂寞是想做事而无事可做，想说话而无人与说，想改变自身所处的这一种境况而又改变不了。是的，以上基本就是寂寞的定义了。

寂寞是对人性的缓慢的破坏。

寂寞相对于人的心灵，好比锈相对于某些容易生锈的金属。但不是所有的金属都那么容易生锈。金子就根本不生锈。不锈钢的拒腐蚀性也很强。而铁和铜，我们都知道，它们极容易生锈，像体质弱的人极容易伤风感冒。

某次和大学生们对话时，被问："阅读的习惯对人究竟有什么好处？"我回答了几条，最后一条是——可以使人具有特别长期的抵抗寂寞的能力。他们笑。我看出他们皆不以为然。他们的表情告诉了我他们的想法：我们需要具备这一种能力干什么呢？

是啊，他们都那么年轻，大学又是成千上万的青年学子云集的地方，一间寝室住六名同学，寂寞与他们不沾边啊！

但我同时看出，其实他们中某些人内心深处别提有多寂寞了。

而大学给我的印象正是一个寂寞的地方。大学的寂寞包藏在许多学子追逐时尚和娱乐的现象之下。所以他们渴望听老师以外的人和他们说话，不管那样的一个人是干什么的，哪怕是一名犯人在当众忏悔。似乎，越是和他们的专业无关的话题，他们参与的热忱越高。因为正是在那样的时候，他们内心深处的寂寞获得了适量地释放一下的机会。

故我以为，寂寞还有更深层的定义，那就是——从早到晚所做之事，并非自己最有兴趣的事；从早到晚总在说些什么，但没几句是自己最想说的话；即使改变了这一种境况，另一种新的境况也还是如此，自己又比任何别人更清楚这一点。

这是人在人群中的一种寂寞。

这是人置身于种种热闹中的一种寂寞。

这是另类的寂寞，现代的寂寞。

如果这样的一个人，心灵中再连值得回忆一下的往事都没有，头脑中再连值得梳理一下的思想都没有，那么他或她的人性，很快就会从外表锈到中间。无论是表层的寂寞，还是深层的寂寞，要抵抗住它对人心的伤害，那都是需要一种人性的大能力的。

我的父亲虽然只不过是一名普通的建筑工人，但在"文革"中，也遭到了流放式的对待。仅仅因为他这个14岁闯关东的人，在哈尔滨学会了几句日语和俄语，便被怀疑是日俄双料潜伏特务。差不多有七八年的时间，他独自一人被发配到四川的深山里为工人食堂种菜。他一人开了一大片荒地，一年到头不停地种，不停地收。隔两三个月有车进入深山给他送一次粮食和盐，并拉走菜。

他靠什么排遣寂寞呢?

近50岁的男人了，我的父亲，他学起了织毛衣。没有第二个人，没有电，连猫狗也没有，更没有任何可读物。有，对于他也是白有，因为他几乎是文盲。他劈竹子自己磨制了几根织针。七八年里，将他带上山的新的旧的劳保手套一双双拆绕成线团，为他的儿女织袜子，织线背心。这一种从前的女人才有的技能，他一直保持到逝世那一年。织，成了他的习惯。那一年，他77岁。

劳动者为了不使自己的心灵变成容易生锈的铁或铜，也只有被逼出了那么一种能力。而知识者，我以为，正因为所感受到的寂寞往往是更深层的，所以需要有更强的抵抗寂寞的能力。这一种能力，除了靠阅读来培养，目前我还贡献不出别种办法。

胡风先生在所有当年的"右派"中被囚禁的时间最长——30余年。他的心经受过双重的寂寞的伤害。胡风先生逝世后，我曾见过他的夫人一面，惴惴地问："先生靠什么抵抗住了那么漫长的与世隔绝的寂寞？"她说："还能靠什么呢？靠回忆，靠思想。否则他的精神早崩溃了，他毕竟不是什么特殊材料的人啊！"但我心中暗想，胡风先生其实太够得上是特殊材料的人了啊！幸亏他是大知识分子，故有值得一再回忆之事，故有值得一再梳理之思想。若换了我的父亲，仅仅靠拆了劳保手套织东西，肯定是要在漫长的寂寞伤害之下疯了的吧？

　　知识给予知识分子之最宝贵的能力是思想的能力。因为靠了思想的能力，无论被置于何种孤单的境地，人都不会丧失最后一个交谈伙伴，而那正是他自己。自己与自己交谈，哪怕仅仅做这一件在别人看来什么也没做的事，他足以抵抗很漫长很漫长的寂寞。

　　如果居然还侥幸有笔有足够的纸，孤独和可怕的寂寞也许还会开出意外的花朵。《绞刑架下的报告》《可爱的中国》《堂吉诃德》的某些章节，欧·亨利的某些经典短篇，便是在牢房里开出的思想的或文学的花朵。

　　知识分子靠了思想善于激活自己的回忆。所以回忆之于知识分子，并不仅仅是一些过去的没有什么意义的日子和经历。哪怕它们真的是苍白的，思想也能从那苍白中挤压出最后的意义——它们之所以苍白的原因。思想使回忆成为知识分子的驼峰。

而最强大的寂寞，还不是想做什么事而无事可做，想说话而无人与说；而是想回忆而没有什么值得回忆的，是想思想而早已丧失了思想的习惯。这时人就自己赶走了最后一个陪伴他的人，他一生最忠诚的朋友——他自己。

谁都不要错误地认为孤独和寂寞这两件事永远不会找到自己头上。现代社会的真相告诫我们，那两件事迟早会袭击我们。

人啊，为了使自己具有抵抗寂寞的能力，读书吧！

人啊，一旦具备了这一种能力，某些正常情况下，孤独和寂寞还会由自己调节为享受着的时光呢！

读书是最对得起付出的一件事

我很幸运，我的外祖父喜欢读书，为母亲读了很多唱本，所以，虽然母亲是文盲，但能给我讲故事。到少年时期，我认识了一些字，看小人书、连环画。那个年代，小人书铺的店主会把每本新书的书皮扯下来，像穿糖葫芦一样穿成一串，然后编上号、挂在墙上，供读者选择。由于囊中羞涩，你要培养起一种能力——看书皮儿，了解这本书讲的故事是中国的还是外国的，是古代的还是当代的，从而做出判断，决定究竟要不要花两分钱来读它。

小学四五年级，我开始看文学类书籍。从 1949 年新中国成立到 1966 年我上中学期间，全国出版的比较著名的长篇小说也就二十几部，另外还有一些翻译的外国小说，加在一起也不过五六十部。我差不多在那个时期把这些书都读完了，下乡之后就成了一个心中有故事的人。

从听故事、看小人书到读名著，可以说这是一脉相承的——没有听过故事的人很难对小人书发生兴趣，长大以后自然也不会爱读书。可见，家庭环境对培养子女阅读习惯有多重要！

好人是个什么概念？好人是天生的吗？我想，有一部分是跟基因有关的，就像我们常说的"善根"。但是，大多数人后天是要变化的，正如《三字经》所讲的"人之初，性本善，性相近，习相远"。当年，我们拿起的任何一本书，有个最基本的命题，就是善，或者说人道主义。我们读书时，会对书中的正面人物产生敬意，继而以其为榜样，他们怎么做，我们也会学着做。学得多了，也就自然而然地走上了这条路。可以得出一个结论：一个人读了很多好书，他很可能是个好人。我实实在在地感受到了书籍对自己的改变，在"底色"的层面影响了我。因此，我对书籍的感激超越常人。

在互联网时代，我们看到很多暴力、色情等不良内容。这是网络文化产生以后，全世界所面临的共同性问题。但是，我们也必须看到一点，外国人很快就从这个泡沫中摆脱出来了——他们过了一把瘾，明白电脑和手机只不过是工具，没营养的内容很浪费时间；而且，这些不良内容就像无形的绳子，套住你的品位使劲往下拽，往往还是"下无止境"的。如果我们的亲人和朋友们也成了这种低俗文化娱乐的爱好者，我们也会感到悲哀。

咱们的电视节目跟五六年前相比已经发生了变化——不仅仅以"逗乐"为唯一目的了，加进了友情、亲情的温暖和对是非对错的判断。这些正面的社会价值观开始不断进入人们的视野。当然，节目本身的品质也是重点。要相信，我们的大多数创作者会逐渐体会到：不应该只停留在"逗乐"的层次上。至于网络上的不良内容和受众人群，我感到遗憾，有那么多好的书、好的文章给你带来各种美好的可能性，你为什么偏要往那么低下的方向走呢？娱乐也是需要体面的。看一本《金瓶梅》说明不了什么，但如果只找这类书和片段来看就有问题了。这样做人不就毁了吗？在当代社会，这样的人已经和那些文字垃圾变成同一堆了。现在，有些青年就愿意沉浸在那样的泡沫里，那就不要抱怨你的人生没有希望。

个人有没有文化自信？当然有。在日常生活中，我就经常看到许多人处于自卑的状态，哪怕他们成了有钱人，当了官，一谈到文化，他们就不自信了。而我也接触过一些普通人，他们在文化上是自信的，可以和任何人平等地谈某一段历史、某一个话题。

书和人的关系就在这儿——在教育资源、社会资源等方面，你无法跟那些出身于上层社会富裕家庭的孩子相比；但在读书这件事上，你们是平等的。无论你是端盘子的、开饭馆的，或是工厂里的普通工人，那么多的好书就摆在那儿供你选择。

与其怨天尤人——我没有一个好爸爸、好家庭，连朋友都在同样层面，不如看看眼前这条路，路上铺满了书。

读书是最对得起付出的一件事，你多读一本好书，就会对你产生影响。实际上，除了书籍，没有其他的方式能够使普通青年朝向学者、作家这条路走过去。只要你曾经花过10年或者更多的时间去读好书，无论做什么，都有自信。

我们年轻时手头很紧，花8角钱买一本书也会犹豫。现在的经济条件好了太多，一本书即便是四五十元，也不过就是一场电影票的钱，年轻人却不愿意读书了。现在，中国人口已经超过14亿，而我们的读书人口比例的世界排名是很靠后的，和发达国家的差距很大。在地铁上，满眼望去，在1000个人里可能都挑不到一个有读书习惯的人。在现实生活中，从一个人的言行中就能看到他们的父母与家庭，以及更深层次的文化背景。那些只顾着"追星"的"追星族"还能活到什么高度？其实，我这么说的时候，包含着一种心疼。

关于读书的几点建议

谈到读书，我希望孩子们从小多读一些娱乐性的、快乐的、好玩的、富有想象力的书，不应该让孩子们看卡通书时仅仅觉着好玩。儿童卡通书一定要有想象力。西方儿童读物最具有想象的魅力，但是这种想象的魅力并不是孩子们在阅读时自然而然地就会感觉到的，一定要有成年人在和他们共同讨论中来点拨一下。

未来中国人和西方人的一个区别恐怕就在想象力上，科技的成果就和想象力有关。我们孩子的想象力是低于西方某些发达国家孩子的，而且不只是孩子们的想象力，我们文艺创作者的想象力也是低于西方人的。如果人家在想象力方面的智商是"十"，那么我们的想象力恐怕只有"三"或"四"，这是由于整个科技的成果决定了想象力。

我希望青年们读一点历史书籍，不一定从源头开始读起，但至少要把近现代史读一读，至少要"了解"一些。这个"了解"非常重要！我刚调到大学时曾经想在第一学期不给学生讲中文课，也不讲创作和欣赏，只讲从 20 世纪 50 年代到 90 年代中国人的生活状况，怎样过日子，怎样生活。当年一个学徒工中专毕业之后分到工厂里，一个月 18 元的工资仅相当于今天的 2 美元多一点，三年之后才涨到 24 元。结婚时，他们的房子怎么样？当年的幸福概念是什么？

我在那个年代非常盼望长大，我的幸福概念说来极为可笑。当时我们家住的房子本来已经非常破旧，是哈尔滨市大杂院里边窗子已经沉下去的那种旧式苏联房，屋顶也是沉下去的。但是一对年轻人就在那个院子里结婚了，他们接着我家的山墙边上盖起了只有十几平方米的小房子，北方叫作偏厦子，就是一面坡的房顶，自己脱坯做点砖，抹一点黄泥。那个年代还找不到水泥，水泥是紧缺物资，想看看看不到。用黄泥抹一抹窗台，找一点石灰来刷白了四壁就可以了。然后男人要用攒了很长时间的木板自己动手打一张小双人床和一张桌子。没有电视，也买不起收音机。那时的男人们都是能工巧匠，自己居然能组装出一台收音机，而且自己做收音机壳子。我们家里没有收音机，我就跑到他们家里，坐在门槛上听那个由男人自己组装、自己做壳子的收音机里播放的歌曲和相声。丈夫一边听着一边吸着卷烟，妻子靠在丈夫的怀里织着毛活儿，那个年代要搞到一点毛线也是不容易的。

那就给我造成一种幸福的感觉，我想自己什么时候长到和这个男人一样的年龄，然后娶一个媳妇，有这样一间小屋子，等等。今天对年轻人讲这些，不是说我们的幸福就应该是那样的，而是希望他们知道这个国家是从什么样的起点上发展起来的，至少要了解自己的父兄辈是怎样过来的。应该让他们知道能够走进大学的校门，父母付出了很多。现在年轻人所谓的人生意义，就是怎么使我活得更快乐，很少有孩子想过，爸妈的人生要义是什么。如果许多父母仅仅考虑自己人生的意义、人生的得失，那么可能就没有今天许多坐在大学里的孩子，或者这些孩子根本就不可能坐在大学里。我们的孩子如果连这一点也不懂的话，那是令人遗憾的，所以要读一点历史。

中年人要读一点诗呀，散文呀，因为我们要理解这样的事情，就是孩子们今天活得也不容易，竞争如此激烈。我们总让他们读一些课本以外的书，但如果一个孩子在上学的过程中读了太多课外书，他可能就在求学这条路上失策了，能进入大学校门绝对证明你没读什么课本以外的书。孩子们的全部头脑现在仅仅启动了一点，就是记忆的头脑、应试的头脑，对此，要理解他们，不能求全责备，他们现在是以极为功利的方式来读书，因为只能那样。但对于中年人，从前"四十而不惑"，我已到"知天命"之年，应该读一点性情读物。

我不喜欢看所谓王朝影视，因为有太多的权谋，我从来不看权谋类的书。我建议，首先女人们不看这类书，男人们也可以不看。我们的人生真得时时刻刻与权谋有那么紧密的关系吗？到60岁的时候，哪怕你就是权谋场上的人，也可以不看了吧！可以看一些性情读物，想读什么就读什么，而且要看那种淡泊名利的。你还能留给自己的人生多少时光呢？

建议老年人看一些青少年的读物，了解青少年在看什么书，用他们的书来跟他们交谈。老同志不妨读一点儿童读物，也要看一点卡通书，同时要回忆自己孩提时读过哪些书，格林兄弟、安徒生的童话中是不是还有值得讲给今天的孩子们听听的。我感觉下一代在成长过程中是特别孤独的，他们很寂寞。

父母在很大程度上不可能成为儿童成长过程中的玩伴，他们的工作非常紧张。孩子到了幼儿园，老师和阿姨们如何管理呢？第一听话，第二老实。然后呢，最多讲讲有礼貌、讲卫生、唱点儿歌，如此而已。所以孩子们在幼儿园这个学龄前阶段是拘谨的，孩子在一起玩也是不放松的。在孩子们的成长过程中，如果家庭环境是有兄弟姐妹，并能够和街坊四邻的孩子一起任性地玩耍，那是最符合孩子天性的。

现在的孩子非常孤单，非常寂寞。孩子身上有总体的幽闭和内向的倾向。爷爷、奶奶读书之后和他们做隔代的交流、做隔代的朋友，而孩子读书时不和他们交流，书就会白读。有些书的内容、书的智慧一定是在交流过程中才产生出来的。

关于读书，兼谈《人类简史》

散步有益于健康，读书好比大脑的散步。谁都知道，不管工作多忙，也要抽出时间散步。我们的大脑同样需要放松一下。

对于我们的大脑，听一曲音乐是放松，欣赏一幅画作是放松，发一会儿呆什么都不想也是放松。许多人以为，读书反而占用了大脑的休息时间，这是认识的误区。

我们的大脑与我们的身体不同。

身体最好的放松状态是静卧，大脑的放松状态却有两种：一是什么也不想，二是转移一下工作指令，常言所说"换换脑子"。

"换换脑子"使大脑产生的愉快反应，超过什么都不想。什么都不想只不过使大脑接收了停止活动的指令，那并无愉快可言。何况，往往难以做到。"换换脑子"却不同，这意味着用累了的脑区停止活动了，平时不太用到的脑区接收到了散步的指令。这时，只有这时，用累了的脑区才会真的渐渐小憩，而开始散步的脑区产生愉快。

我们应对自己的大脑有这样的认知——它分各个区间。脑的疲劳感，不是整体的疲劳感，是某个一直在用的脑区的疲劳感。而另外一些很少用到的脑区，像替补运动员，一直坐冷板凳，它们的生理反应是不愉快的。

我们在散步的时候，通常喜欢静的地方，负氧离子多的地方，有看点可驻足独自欣赏的地方——这恰恰如同读书的情形。

被长期幽禁的脑区在书页的字里行间散步，负氧离子如同好书的元素，某些精彩的段落如同风景，使我们掩卷沉思，而这是脑的享受。不要以为这还是在费脑子——不，这是最好的换换脑子的方式。费脑子是指某一脑区损耗太大，而另外的脑区仿佛没有。

人要经常换换脑子，以包括读书在内的多种方式换换脑子。起码，不应该只换胃口不换脑子。

中国人常羡慕谁有口福，对得起一副胃肠。但世上有那么多好书存在，一个人却几乎一生没看过几本，是否也太没有阅读之福了，太对不起眼睛、大脑、精神和心灵了呢？

所以，不想白活了一辈子的人，在换换脑子时，若能将读书的方式包括在内，肯定会大获益处的。

《人类简史》并非一部21世纪的启蒙之书。尽管此点已被证明是非常需要的，但实际上尚未出现。当然，我们指的是超越以往世纪思想成果的启蒙之书。人类文明发展到今天的程度，问题依然多多，启蒙变得相当不易——"世界平了"一句话，意味着大多数人类的思想几乎处在同一层面了。

在这种情况下，若一部书包含了一定量的知识，并且，作者对于自己所拥有的知识进行了独立思考，提供了某些与众不同的见解，那么便是很值得一读的书了——《人类简史》符合我对书的基本看法，故推荐之。

作者将比较之法运用得特别充分，证明其知识积累范围较广——书中引用了中国古代《风俗通》中女娲造人的神话传说，引用了狄更斯小说的内容，引用了古罗马诗人的《农耕诗》——给我的印象是胸有文学而非仅仅史料的信手拈来的引用，于是刮目相看。文史重叠乃人类社会发展常态，吾国当代史学家而能兼及文学素养者不多矣。

作者的另一种能力是——极善于将古今予以对比。他不是在进行单纯的线性梳理的讲述，而是不断地将目光从古代、上古代收回，投向现在，于是对比出种种感想，既分析出规律，也显示批判锋芒。

我并不全盘接受书中的思想，对书中的某些思想甚至持反对观点——如"历史虚无主义"、农业社会还不及以"采集"为生存之道的部族时期好等思想，但全书大部分内容所力图说明的思想我是认同的，即人类的历史不但是曲折地进化的，而且在进化的过程中，所谓新与旧一向是部分重叠的。即使如今已经很现代了，但很古代时期的人类社会的基因现象，仍分明地点点滴滴地存在于很现代的人类社会中，证明所谓"全新的社会"，目前世界上还不曾有。

我推荐此书的主要想法是——希望读者从此书中学会比较的方法；希望读者明白，一个人的知识如果十分有限，便只能在十分有限的格局内对现象进行比较，而这妨碍我们对现象得出较清醒的判断。归根结底，在历史的长河中，一切当下存在都只不过是当下现象而已；一切当下人本身也只不过是当下现象罢了；我们生活在现象中，知识和运用知识所进行的比较之法，有益于我们处理好自身与林林总总的现象的不和谐关系，使我们自身能活在有限度的清醒状态下……

论人和书的十种关系

在我们的生活中，人和书的关系，至少有以下十种：

第一种，只读专业之书，其他一概书籍，几乎都不读。也非不想读，是委实没有时间和精力读。久而久之，渐渐地，世界上古今中外的一概书籍，仿佛便都不存在了。他们并不否认书籍对于人类社会的巨大影响作用。对于人类古老的阅读习惯，他们也是一向从正面来予以肯定的。但是一谈到他们自己和书的关系，只有徒唤奈何地叹息。他们是些智商很高的人。他们当然明白——除了专业之书，自己竟没时间和精力再读其他的书，对自己的人生是毫无疑问的损失。是的，他们非常明白这一点。但实际情况往往也真的是，他们的确没有时间和精力再读其他的书。他们将某种人生的大志向寄托于他们的专业。他们要求自己全力以赴。甚至可以说，他们甘愿以自己的全部人生殉他们的专业。而且，他们的专业所选择的、经过淘汰最终保留的，大抵也是他们那一类具有奉献精神的人。

让我举一则幽默故事来证明时间和精力对于他们意味着什么——

大科学家在一项实验取得成功后，极为兴奋，终于得闲多看他的助手几眼，他惊讶地问："怎么，原来您是一位女士？"

助手回答："是的，先生。"

"噢，您还这么漂亮！我可以请求吻您一下吗？"

"可以的，先生。"

于是他礼貌地吻了她一下。

"如果……如果我得寸进尺，向您求婚，会遭到拒绝吗？"

"肯定不会。"

"噢，上帝！我太幸运了，那么我正式向您求婚！"

"我也太幸运了。因为，丈夫向妻子再次求婚的事，世界上是不多的。"

大科学家困惑。

"亲爱的，在我们此次进入实验室之前，也就是 20 天前，我们已经正式地在教堂里举行过婚礼了！"

…………

尽管是一则幽默故事，但是我确信——迄今为止人类的许多科学成果，乃是不少科学家以牺牲他们的人生内容为代价而取得的。对此我心唯肃然。倘他们一旦得闲，却并不读书，比如不读小说,我这个小说家是很能理解的。他们为科学事业所付的牺牲太多太大,根本不可能一一全都予以弥补。比较而言,读过多少专业以外的书这一件事,很可能并不是他们所付出的什么重大的人生牺牲和损失。

对此,我除了肃然,还有敬意。

第二种人和书的关系,似乎一样,却又有根本的区别。即前者不是不想读,后者则完全没有阅读的愿望。甚至可以说,读书这一件作为人类很愉快、很享受的事,在他们那儿恰恰反了过来,仿佛是折磨,是虐待,是苦楚。他们之所以也读专业之书,纯粹是为了一份工作。体现为现代人对现代社会的一种屈服、一种理性表现、一种迫不得已。理性使他们明白,不读书,那就休想找到一份体面的工作。体面他们肯定是要的,故他们也能因此而读书,甚至可以因此而刻苦读书。所以读书之于他们,又只不过仅仅等同于上学。一旦大学毕业,有了文凭,找到了一份自觉体面的工作,他们便如释重负,长吁而想:上帝啊,以后我终于可以不再碰书了!并且果然。倘对工作不满意,他们还是会接着读,也就是继续上学。文凭由学士而硕士而博士。所以,在当代,尤其在中国,在由中国特色的教育制度培养出来的学子中,文凭本身绝对不能证明谁是一个喜欢读书的人。某些人对书籍没有感觉,正如下面一种恋爱现象。

介绍人："怎么样？"

"很抱歉，和她（或他）在一起我犯困。"

那，介绍人还有什么可说的呢？总不能牛不喝水强按头吧！

19世纪以前直至公元前三千几百年以前的古代的人类，对于他们一定是会很纳闷的——一个认识了那么多文字的现代的人，何以竟对书籍丝毫没有感觉呢？

在我们的先祖们那儿，识字是幸运，读书是幸福，是第一等的精神的诉求。

但现代之世界，毕竟已与古代大不相同，可言之为精神享受的事，比古代多出了何止100倍呢？开智、解惑、供给知识的方式，已不再是书籍的专利。尤其网络时代，书籍的功能遭遇到空前的取代。所以我们又简直不可以认为，他们由于不读书而比喜欢读书的人头脑简单，知识匮乏。是的，不一定如此。正因为不一定如此，所以他们更加没有读书的愿望。他们与喜欢读书的人们的区别仅仅在于——后者能从书籍中领会到人类文字特别细微的精妙的表达魅力，而前者不能。因为，即使如今，人类文字那一种特别细微的精妙的表达，基本上还是集中体现在书籍之中。但我们却千万不必因此而一厢情愿地替前者感到遗憾。人自己并不感到遗憾之事，对于他们自己而言，便不是遗憾。何况，这世界上足以体现特别细微的精妙的表达力的事很多。他们对此细微此精妙的没有感觉，并不意味着他们对彼细微彼精妙的也没有感觉。

全人类和书籍的关系都在变得松懈，这是一个不争的事实。

但另一个事实是——阅读是人类文明带给女性的宝贵的礼物之一，而此点尤其被女性自己所意识到。故此前200余年间，人类社会最值得欣慰之事就是，喜欢阅读的女性呈几何倍增长。而近10年间，全世界的读书人数大量萎缩，但在西方，男性的比例远远高于女性的比例。这意味着女性是多么愿意替人类维系着与书籍的古老的亲密关系。而在中国，近10年给我的感觉似乎是相反的。中国似乎正在一代又一代地派生出远离阅读这一件事的女性，包括在大学里学的是中文的她们。原因是多方面的。择业压力和人生压力乃是不容否认的原因，但也不尽然。在现实生活中，有不少这样的女性，她们的人生并没什么了不得的压力，有的其人生状况还相当良好。她们对一切享受之事和玩乐之事都兴趣盎然，极肯投入时间和精力，但就是不肯分出哪怕一丁点儿时间和精力来给读书这一件事。是的，她们中不少人曾是大学里的中文学子。

这使我这个目前在大学里教中文的人深感中国中文教学的失败，并且经常陷于迷惘与困惑……

第三种人和书的关系是一种深受时代价值观所影响的关

系。中国正处在商业时代的初期。商业时代的初期有一个极显著的特征，那就是功利主义以极快的速度形成思潮，并以后来居上的强势压倒其他一切人类思想，最终使相当普遍的人们对于世事采取特别简单的态度，即对我有什么好处？而所谓"好处"的意思，名也，利也。名利双收，"好处"便大大的。倘某事不能直接地带来名利，或间接地产生名利，那么往往被某些人一言以蔽之：瞎耽误工夫。工夫即时间，时间即金钱。尽管时间对于我们某些人并不意味着可取可据的大把的金钱，有些人还是宁肯闲待着，任时间白白从身边流淌而过，就是不愿拿起书本来读。应该说，在当今，工作着而又那么有闲的人是不多的。他们往往是一些退休之人。我认识这样一些人，他们每对我抱怨，都快闲傻了。

而我一向总是同情地说："到我家去选几本书看吧？"

"看书，我才没那毛病！"

回答得如此干脆，我也就爱莫能助了。

他们在青少年时期，往往便已经是第二种人了。而读书，说到底是习惯。倘并没养成习惯，人疏远书籍是很正常的。倘他们文化程度很低，我自然也就不会那么多此一举。不，不是的。实际上他们几乎都是受过大学教育的人。那些个受过大学教育的人，终于退休了，终于得闲了，却又闲得难受，偏偏就是不肯尝试着读读书，每令我匪夷所思。但反正他们已经是中老年人了，闲得难受就由他们难受去吧。

然而有越来越多的青少年，包括大学学子，也在各种不同的场合向我发问："请您谈谈读书对人的好处……"

读书对人的好处，我是有些一己体会的。

"您是作家，目前又在当教授，教中文，读书对您当然有间接的好处了。但我们不想当作家，也没有多大可能当中文教授，那么读书对我们还有什么实际的好处呢？"

注意，极端的功利主义者，他们的思想方向，不但直奔好处，而且还最讲实际。

有次我谈了几条读书对于不是作家也不是中文教授的人的好处之后，有位学子干脆迫不及待地从座位上站起来，大声说："您所谈的那些读书的好处，都是自己以及别人看不见摸不着的好处。从物质主义哲学的立场来评论，那就等于是实际上并不存在的好处，一种自我感觉罢了。甚至也可以说是自欺欺人！"

物质主义，我是晓得的。但连它也哲学化了，我就不太明白是怎么"哲"的了。

依我想来，读书能带给既不是作家也不是中文教授的人某种良好的自我感觉，已然是一种好处了啊！再向读书这一件事要求更实际的好处，也未免太那个了呀！

我只有如此作答："亲爱的同学们，我不能对你们宣扬'书中自有颜如玉，书中自有黄金屋'。或许读专业之书，头悬梁，锥刺股，十几载苦读，修成正果，于是娶了颜如玉，拥有黄金屋，那才大为符合物质主义的哲学。但我们在谈的只不过是作为闲适方式的一种读书啊！而这一种读书的真相是——既无一个颜如玉待字书中，专等着你从书中将她拽出来，于是她以身相许，更没有什么黄金屋专等着你一头钻入书中去住……"

学子道："不住，不住！黄金屋住起来也未必舒服。还莫不如在书中把它拆了，把小山一样的金砖弄到书外边来，那我不就发了嘛！"

另一学子插言道："不但发了，而且你的名字该上世界富豪榜了！"

以上本是好笑的对话，然而当时的实际情况是，台下反而极为肃静，谁都没笑。

那一种肃静，给我留下很深的记忆，使我感觉到了功利主义思潮的可怕的力量。它左右人的思想，使人要求"实际好处"的心愿，荒诞地泛滥向根本不可能的方面，并进一步使人觉不出来那荒诞的可笑性。

我只得说："向书要此等好处的人，莫如去经商。"学子苦恼道："可我也没经商的资本啊！"还是没有人笑，更加肃静。

学子们大抵一无所有。他们的种种物质欲望，只能在迈

243

出大学校门以后才能实现。但是就业的压力，许多城市房价的飙涨，几乎彻底粉碎了近10年中一届届学子的"白领梦"。一无所有的他们，凡事取功利主义的思想，几乎是必然的。设身处地而论，他们还很令人心疼。

但一个结果恐怕是——功利主义的思潮，恰恰是大学里的主要思潮。表面看，大学是有机会了解各种哲学和主义的地方。而真相也许是，功利主义最为深入人心。

一个受过大学教育的当代青年，他或她和书籍的关系究竟会是怎样的呢？课本、课外辅导教材、历届高考试题汇编之类的书籍，乃是他们考入大学以前主要接触的书籍。他们中只有极少数的人，在考入大学以前居然阅读过几部世界名著，即使他们报考的是大学中文系。而在大学里，实用主义的思潮使他们认为——"读书是瞎耽误工夫"——和天生对书没有感觉的人们的看法是一样的，只不过比天生对书没有感觉的人更为清醒。

这一种人对于读书的更为清醒的极端功利主义的态度，是比天生对书没有感觉的人对书的态度还糟糕的。

此点是书籍和人类的现代关系的大尴尬，是非常中国特色的，是书籍和人类的古老关系的破坏力……

与以上两种人相比，第四种人完全可以说是喜欢读书之人，但他们对书的态度同样是功利心理的。

倘某事物确乎对人具有功用性，那么人对其持功利心理的态度，我以为是无可厚非的，甚而也可以视为积极的态度。

书籍是对人具有功用性的。功利心理的选择和阅读，便是要将书的功用性予以利用。

比如，人人都希望自己健康，那么选择保健书籍来读，实属积极的态度；人人都希望自己长寿，选择养生之类的书籍来读，亦实属正常的读书现象。养着宠物的，自然每每会被宠物杂志或书籍吸引住眼球；喜欢收藏的，怎么能不看文物鉴别类的书籍呢？青春年少，又大抵总是爱看言情小说的……

功利心理是一回事，功利主义是另一回事。功利心理是人人都有的一种心理，功利主义却非是人人都信奉的一种主义。功利心理只不过会局限我们对事物的看法，而功利主义则会使世界在我们的心目中变得枯燥乏味，狭隘无比，最终损害的，是人自己的生活质量。

就说保健吧，我的体会是，在家独处，静静地读唐诗宋词，且轻声吟诵，是和做精神的瑜伽很相似的。这肯定也是一种身心的保健方式啊！为什么非要以为，唯保健类的书籍中才有保健的经验呢？

书的种类是洋洋大观的，仅以功用而论，那也是各种各样的，为什么偏择其一用而利呢？

此种功利心理左右之下的读书现象，在我们的生活之中比比皆是。与对书的功利主义态度，只差一步也。

比如有人热衷于炒股，并且幻想只赚不赔，于是也乞灵于书。书店里当然有所谓总结炒股经验之书的，于是统统买来，埋头钻研，孜孜不倦。比如有人立志要当实业家，于是就只看大富豪们的传记，自以为将别人的成功之路看明白，自己也就离成为大富豪不远了。比如有人希望自己在社交场合是非常受欢迎的人物，在异性眼里魅力四射，于是就只看些所谓的"社交指南"或什么"教你性感"之类的书籍。你不能说他们不是爱读书的人，否则他们会觉得受侮辱的。在功利心理的促使之下，他们不但专爱读某一类书籍，而且对某一类书籍特别虔信，动辄言："书上是这么讲的，书上是那么讲的……"

现在的出版界是——只要人有一种想法是特别功利的，那么到规模大一些的书店去转转吧，准会发现至少有一本教你怎么实现那些功利想法的书摆在书架上，单等着某人的目光青睐它……

而我认为——人和书的关系只消稍微摆脱一点儿功利心的左右，书反而会带给我们比以功利之心去看待它更多的益处。因为只有在这一种情况之下，某些功用性并不显然的书才会也入我们的眼。而它们从来都是书籍的大部分。它们的功用性并不显著，不等于它们纯粹是人类社会的多余产物。它们期待人以非功利的眼去看待它们，以非功利之心去领会它们——

246

这时，几乎只有这时，它们那并不显然的功用性，才会对我们的精神和心灵发生深刻的影响，于是使我们心怀感激……

人向一本散文选要求实际的好处是多么愚蠢可笑的想法啊！不读那样一本书的人什么也损失不了。读了那样一本书的人钱包里也不会多出一分钱。

然而我们又确乎地知道，这世界上某些人比某些人更值得尊敬一些，也不尽取决于地位、财富、职业、身份乃至容貌，还和某些人远离书籍和仅以功利之眼来看待书籍，而某些人亲近书籍视书籍为良师益友这一点有关……

书回报给后一种人的一向是终生意义。

第五种，世上有些书肯定是不好的。也可以说，是些形状上是书，而其内容可恶甚至令人作呕的"东西"。它们是人类和书籍的古老关系中的寄生物。自从印刷术普及，那一种寄生物便存在着了。因为印刷术可以使文字快速地印在纸上，切压成书，遂成批量问世的商品。而凡商品便有利润；凡有利润的事物，便有投机逐利之人。甚至可以这么说，在印刷术普及初期，那一类坏书在数量上是比好书还要多的。这是包括了内容低级下流的报刊在内而言的。

高尔基曾编著了半部俄国文学史。依他的眼看来，在普希金以前，除了冯维辛、拉吉舍夫、克雷洛夫等少数作家、戏剧家和他们的作品，以及一批十二月党诗人的诗，再加上某些被印成书的神话、民间传说、历史人物传记，另外更多的叫作"书"的东西，其实大部分只不过是一批接一批的字纸垃圾。

而相同时期的法国，尤其在巴黎，在市民社区的街头集市上，天天都有兜售和叫卖那类字纸垃圾的人。买者不但有小市民，还有专门为了买那类东西才到那种集市上去逛的大学生、青少年识字者。往往，也会发现乔装成普通市民的贵族。某些贵族夫人也是对那类东西大感兴趣的。她们自然不便亲自出现在那样一些街道和集市上，便遣她们的女仆去买。英国也是如此，意大利也是如此。我们如今耳熟能详的彼国的大作家们，其实就是在那类字纸垃圾的响亮的叫卖声中产生的，并且逐渐赢得了比那类字纸垃圾更大的注意力。

中国也不例外。自唐开始，直至明清，印成书卷的字纸垃圾不计其数。

无论中国还是外国，它们的内容千篇一律，那就是——性。所写非是一般的性爱，而是变态的情欲和性的宣淫滥交。

但是人类的文化有着一种自觉性。正如人的血液之中有着抵御细菌和病毒的白细胞。所以近100年来，印刷术更加发达了，以前那一类文字垃圾反而越来越少了。这也还是由于，近100年来，性在西方，已几乎不成其为文化忌讳。单只靠性或主要靠性，已不能挑逗起人的阅读好奇心。

但中国有些不同。中国人的性的观念，1949年以后受到极大的压制，近 20 年来才逐渐开明。然中国人的性的苦闷，却仍是不少人的心理的和生理的双重苦闷。故某些生财有道之人，便以地下印刷的方式，再生产从前年代的中外字纸垃圾。

以我的眼看来，20 世纪 80 年代以后，本土当代作者的笔下，其实并没有什么特别"罪过"的作品。某些书分明也会对青少年的精神面貌和心理成长产生不良影响，但其负面影响并不怎么严重。倒是以地下方式再生产的从前年代的字纸垃圾及其现在时空的翻版，对青少年们纯粹等于是毒品。

在民工棚里和某些大学的学生宿舍里，那样一些"书"和色情光碟一样，已是司空见惯之物……

我对此种现象所持的态度越来越是一种多闻阙疑的态度。也就是说，立场越来越摇摆，暂时不能做出自信正确的评论。因为也有某些文化人士认为，那样一些"书"，不仅对人起到缓解性压抑的实际作用（这使我联想到了对书要求"实际好处"的话），对青少年还意味着是性常识、性技巧、性享乐的间接的普及。对于这样的看法，我每失语，真的没了立场。

但我还是要在此将我的忧虑说出来，那就是——在人际关系中，古人有言，"近朱者赤，近墨者黑"，这是有一定道理的。而在人和书的关系中，我认为同此理也。

一个不争的事实就是，人在青少年时期若贪读不好的书（也不仅仅是渲染性淫乱的书，以暴力为美，以残忍为娱，以损人利己为天经地义，以不劳而获为本事，以追求穷奢极欲的生活为人生目标，以游戏爱情为兴趣，以玩弄异性为得意，以不择手段为智慧，以毫无同情心为明白，以虚伪狡诈为经验……凡专以上述内容为卖点的书，据我看来，都是不好的书），那么如果不曾受到必要的影响的话，恐怕在人生的以后阶段，也会凭一双长了钩子般的眼，到处去寻找同样的"精神食粮"。

这样的"读书人"，在我们的生活中难道没有吗？

一本毒品般的书，别人还闻所未闻呢，他们早已先睹为快了。买这一类书，他们是很舍得花钱的。当此类书受到公众的谴责，他们还会在那里愤愤不平，咒骂正当的文学批评是"假道学"。实际上他们也一向是"卫道"的，只不过他们卫的是人所不齿之"道"。

在我们的生活中，如上一类"读书人"中，有少年，有青年，自然还有成年人。

他们有些共同的特点——比如他们的手机，储存着一批又一批的下流的不堪入目的所谓"段子"，不仅经常自我品味，还经常发给别人，意在与人同乐。他们若上网，哪个网站在炒什么乱七八糟的情色新闻了，他们便如苍蝇嗅到腥臭似的，"嗡"地一下就"飞"去。若与人相聚，他们一开口，那真是狗嘴里吐不出象牙来，什么话语脏污人耳便专讲什么话语，不以为耻，反以为荣。

但愿在我们中国，这样的人不是越来越多，而是越来越少。但愿我们的少年和青年，远离坏书……

第六种人和书的关系每令我诧异，简直可以说他们是敌视书籍的。他们并不敌视文化的其他形式，对于文化的其他形式，他们也是很乐于高谈阔论的。从电影、戏剧、流行歌曲到时装、建筑、广告设计等，几乎都能滔滔不绝，俨然见解高深。但一谈到书，便嗤之以鼻了。可是作为一个当代人，即使不愿成为一个喜欢读书的人，像他们那般鄙视甚至敌视书，肯定是一种不太正常的现象。他们显然也是明白这一点的。所以，他们要以一本书为招牌，也为盾牌，以证明自己并非一个不喜欢读书的人，恰恰相反，乃是世界上读书品位最高级的极少数人之一。于是世界上一概喜欢读书的人，在他们面前，就只能显得俗而又俗，还不以为俗了。

记得有一次我被邀请凑一顿饭局，聚坐一起的人身份较杂。自然，算我在内，也有二三"文化知识分子"。我之所以要将"文化知识分子"六字加上引号，真的是因为岁数越大，越不敢以"文化知识分子"自诩了。而另两位是某出版社年轻的编辑，分明是更无自诩企图的。东道主代为介绍时，称他们是"这两位年轻的文化人"。

座中遂有一人冷冷地问："什么文化？文化又是什么？"

两位年轻人一怔，都连说不敢当不敢当，我们只不过是搞出版的，并从包中取出两部书，双手奉送。

不料对方无动于衷，冷冷地又说："我只读一本书。一个人一生只读一本书就够了。再读第二本，完全是浪费生命。"

两位年轻的编辑，各拿着一本书，怔怔地不知如何是好了。

我就接过了他们的书，见是两本关于古今中外文学名著分析的书，忍不住问："那么先生只读的那一本，究竟是什么书呢？"

答曰："《时间简史》。"

众人皆失语。

那人又庄严道："一本伟大的书，才值得人读它。"

我本想说肯定不只读一本书，英国的老女王也是爱看克里斯蒂的侦探小说的，恐气氛更加不和谐，忍住了没说。

饭吃到一半，方知那人是一位什么处长。我觉得，他更愿意我们将他看成一位官员。我与两位年轻的编辑以前并不认识，何以一个人对我们三个与书有职业关系的人那么不友好？我困惑。

另有一次，又在某种场合遭遇了一位只读"伟大"的书的人。而另一本，不，应该说另一套"伟大"的书是《资治通鉴》。

而另一位只读"伟大"的书的人物对我等庸常之辈说："我读了三遍，目前在读第四遍。读过三遍《资治通鉴》以后，顿觉天下已无书。"且随口背出《资治通鉴》的某几段，问："你们知道是第几卷中的话吗？"

我等噤若寒蝉，因为谁也没有将《资治通鉴》通读过一遍。片刻后，对方匆匆告辞而去，被小车接走了。这才有人缓过神来似的说："他到歌厅去了。""接着还要到洗浴中心去。""还每次都召小姐！"

"庸常之辈"们七言八语。

于是我知道这也是一位处长！

此后，我在不同的场合，有幸又见到过几位只读"伟大"的书的人物。与《世界通史》相比，《追忆似水年华》就太是一般之书了。

生活中自然各式各样的人都是有的，但只读而且只读一本或一部"伟大"的书的人物们，无一例外是处长、副处长，于是引起了我思考的兴趣。我从没碰到过一位科长或一般公务员会是他们那样的。我也从没碰到过一位副局长、局长、部长级干部会是他们那样的。

为什么偏偏是男性的处长、副处长们才像他们那么高傲地"声明"自己和书籍的那么一种居高临下的关系呢？

我以为和他们手中的权力是有一定关系的。他们只不过是些初尝权力滋味的人。他们和权力的关系也只不过是吏和权力的关系。而我们都知道的,吏往往比官更善于借助权力来寻欢作乐。因为吏出入于寻欢作乐之场所,不至于像官那么引人注意。现而今,寻欢作乐的场所多多,只要吏热衷于那一类享受,那么几乎天天有人请他陪他去享受。他哪儿还有时间和精力与书发生亲密的关系呢?但既为吏,既自视为官,不看几本书,那是会在文化修养方面遭到耻笑的。所以就只得以"伟大"的书来当成招牌或盾牌。而我们又知道的,久持盾牌之人,其心理就会渐渐形成近乎本能的防范倾向。一旦见着和书关系密切的人,就条件反射,以为人家持有书化作的"矛",伺机伤害他。这当然是一种疑心病。但明明不爱读书,又偏偏要装出只读最伟大的书的样子,偏偏还希望别人像尊敬一位最伟大的读者那般尊敬他,不疑心岂不是怪事了吗?而敌视,每自猜疑生。

就在我写这篇文字的前几天,有熟人在电话中问我:"还记得读了三遍《资治通鉴》的那位吗?"

我说:"记得,印象很深。"

"他被逮起来了。被他牵连的还有他们处里好几个人。一干人等到郊区去嫖娼,听说有一个还是刚分配到他手下不久的大学生,小青年后悔得都没脸活了……"

唉,我无话可说。

中国的庞大的吏群体中，究竟能有多少是喜欢读书的男人？完全是因为没有时间和精力吗？8小时以外,他们通常又是怎么支配时间的呢？

倘做一项结果真实的统计，我们是有理由欣慰呢，还是相反？

第七种人和书的关系则较为亲密，甚至也可以说是相当亲密，并基本上是女性。她们被称作"小资一族"。在中国，此族人数越来越多。有80年代出生的"小资"，也有70年代出生的"小资"。在中国，60年代、50年代出生而又有资格被称作"小资"的女性,实在是不多的。以上两个年代出生的她们，是不太容易在反情调的现实生活中"小资"起来的。40年代以前出生的极少一部分中国女性，也曾是很"小资"的，但那正是后来的年代要坚决地对她们进行"改造"的理由。

在中国，70年代出生的"小资"与80年代出生的"小资"有很大不同。前者与书的关系可以说是一种人类和书的继承关系,而后者则更热衷于声像文化，并都有些这两方面的追星倾向。又, 前者是"小资"的同时，几乎皆是中国最早的一代"白领女性"。她们当年较高的学历和较高的收入，使她们接近真正意义上的"白领"，所以她们当年都对自己的生活颇为知足。寡忧者读，多愁者歌，这是符合人性规律的。虽然，歌星们并没那么多愁，但其歌, 对人确有解闷消愁的作用。近

10年中国各城市攀涨的房价，基本粉碎了80年代出生的小女子们的"白领梦"，所以她们已无好心情读书。物质诱惑强大，心理压力多多，人在此种情况之下疏远书籍，转而向声像文化寻求抚慰和同情，是再自然不过的事情。故同是"小资"女性，如果正单身的话，70年代出生的她们居室中必有书架与书，而80年代出生的她们，其住处已难得见到书架。纵有，其上摆的也往往是影碟或歌碟，或芭比娃娃，或所喜欢的工艺品什么的。今天，即使在大学里，即使是中文学子，真正喜欢读书的女生，那也是少而又少了。普遍的她们，宁肯与电脑保持亲密的关系。

故我对仍继承着人类阅读习惯的所谓"小资"女性，一向敬意有加。

"小资"女性所喜读的，往往也是很"小资"的书或刊。中国取悦于她们的阅读兴趣的书刊是越来越多了。那类书刊的内容可用八个字来概括——润甜、糯软、感伤、时尚。

我笔下产生的作品显然是不合她们的阅读兴趣的。但这也从未减少过我对她们的敬意。在我看来，置身于浮躁若此的时代，她们居然还能情愿地继承着人类的阅读习惯，实在已属可爱。倘连她们也不读书了，那么中国出版的末日真的快到了。何况，她们一般是不读不好的书的。偶读，也知其不好。在读书方面，她们一向是较有品位的。在一本渲染性淫的书和

《海蒂性报告》之间，她们大抵选择的是后者，且并不东掖西藏的，就那么明面地摆在她们的书架上。她们只不过是不太喜欢读愤世嫉俗一类的书罢了。因为她们自身与现实社会的关系也是既糯且软的。我认为，这是她们的一种明智的人生哲学。以时尚为纽带，她们宁愿与现实社会和平共处。而我又认真对待，社会因此应该感谢她们。

举例来说，《伤逝》中的子君，当然也是一位喜欢读书的女子。鲁迅塑造了她，而我们以子君的性情来推测，大约她是不怎么读鲁迅那一种投枪或匕首式的杂文的吧？若竟喜欢，还是子君吗？

子君是多少有那么点"小资"的，是想要在当时彻底成为"小资"而终究没有成为的一个。连鲁迅先生自己，也特别仁爱地引导她读《娜拉出走》，而非他那酸碱性极强的《狂人日记》或《药》。

又比如《钢铁是怎样炼成的》中的冬妮娅，她之所以可爱还因为她是一个喜欢读书的女孩。而读书时的冬妮娅最为迷人。这不但是保尔的感觉，也是我们读者的感觉。而冬妮娅所喜欢读的书，依保尔看来，恐怕也是很"小资"的吧？但是连保尔也从未要求冬妮娅须得和他读同一类书。起码《钢铁是怎样炼成的》中没有这种情节。

"小资"一词源于18世纪初叶的欧洲。那时的"小资"女性也是追求时尚的。在种种的时尚追求中，读书是她们不可缺少的一种追求。可以这么说，全人类女性的普遍的阅读习惯，乃是由那时的"小资"女性所影响、所带动的。

女性者，人类一部分也。在人类和书的亲密关系中，"小资"女性所起的继承作用功不可没。

在中国，在今天，她们和书的关系，简直还可以说是有些难能可贵呢。

阅读是女人最优美恬静的姿态之一。

中国人应对她们仁爱一些，不可一味嘲讽她们仅喜欢读她们所偏好的书。

第八种人和书的关系，好比一结至终生的婚姻。且无怨无悔，心无旁骛，深情又专一。

他们与书的"婚姻"，仿佛是天定的。他们是些文化学者、教授或职业批评家。我此处用"批评"一词，所取乃其原本的中性含义，事实上，现如今在全世界职业的批评家已经很少很少了。批评大抵已是兼而为之的事。相对于文化现象，尤其是在网络文化大行其道的当今，批评已是人人都乐于显示的权利，而且是行使起来易如反掌得心应手之事。当代人类与以往年代的人类之大不同的一点是，几乎个个都在文化的"改造"之下，具有或隐或显的"艺术家人格"。此种人格的可爱之处就是，倘若无法证明自己确有艺术的天分，那么绝不会再放弃了证明自己确有艺术批评的天分的任何或曰一切机会。但批评的自由是一回事,批评家的水平是另外一回事。一位深孚众望的文化的或文学的批评家,大抵同时又是学者或教授。中外皆然。

在从前,在西方,学者和研究者是有着界定的区分的。研究者通常只着力钻研于某一方面,直到达到精深,于是成为专家。而学者,则往往不一定是某一方面的专家,但他必须在文化学、社会学的多方面,都具有够水准甚至高水准的知识。故在自然科学界,其严格的职称中是没有什么学者一说的。学者是只出现在社会科学领域的人,而且那也是在从前,比如马克思,我们今天之人也可视其为杰出的学者。培根、罗素,都是杰出的甚或可以说是天才的学者型人。丰子恺是画家,还是散文家,同时,也当得起是一位学者。他在音乐、美术、宗教、戏剧与文学方面的见解,皆是令后人获益匪浅的,他的老师李叔同,几可作学者类人的样板。

依我想来,学者应是比教授、专家、研究员读书更多的人。他的学问不一定非要细微,却一定得广博。

总而言之,以上诸类人,不但与书有着亲密的关系,更有着共生共死般的关系。他们最初也许和我们大多数人一样,同样是怀着相当功利的想法与书结爱的。但是越到后来,他们与书的关系越来越趋向于自然而然。终于功利目的淡出,成为一种特别纯粹的习惯。书彻底改造了他们,使他们本身"书香化",根本无法再与书分开。读书已是他们的一种日常生活方式了。

一想到人和书居然会结下此种不是爱情胜似爱情的关系,我每每大为感动。既感动于书对人的长久影响,亦感动于人对书的长久眷恋。

然而依我看来,在当今,在全世界,尤其在中国,在人和书的关系中,那一种代表古典意味的学者类型的人,已是凤毛麟角矣。

当代中国的教授、研究员,和书的关系分明已变得极其狭窄,如同一线系之。究竟会狭窄到什么地步呢?若同是中文系的教授,教当代文学者,很可能对近代文学的所知一鳞半爪而已;反之亦然。而教古典文学的,论唐胸有成竹,言宋就未必心中有谱。

文化也像科学一样,被一把角色分工的卡尺卡得触类而不旁通了;或再比喻为超薄之刃,将原本有着千丝万缕之联系的文化,切成了一片片比鹿茸片还薄的薄片。文化人士仿佛皆成了"片文化"的传承者和播讲者,自身也都薄得可怜了。

是时代将人和书的关系变得如此这般逼仄了。

然而,我认为,也有人自身的原因,就是太容易满足于那么一种狭窄又逼仄的关系了。而只要一满足,知识似乎还很够用，甚而自认为绰绰有余。

故我对从前年代的已然模糊在历史中的那样一些职业读书人的身影，总是会情不自禁地投以仰慕崇敬又惭愧的目光……

第九种人和书的关系，如我。一言以蔽之，属于杂读者。以前我与书的关系，第一从阅读兴趣出发，第二基于习惯。偶尔也功利性地一读，但那一种时候极少。即使在我成为作家以后，功利性阅读的时候也是很少的。比如我绝不会忽而某日心血来潮，试图现代一把，于是便找一本什么西方的现代派小说，认真研读，决意模仿。我之从前的功利性阅读，也无非是当笔下将写到什么真人真事时，恐自己记忆有误，翻翻资料书，核实一下而已。

现在的我不一样了。自从调入大学以后，因备课需要，功利性阅读上升为我和书的第一关系了。既须读某些绝非兴趣使然的书，有时还得将某些概念、时间、人名抄在卡片上，更有时还要求自己背下来。

除了背诗，另外再背其他一切文字，对我都是厌烦透顶之事。我虽喜欢读书，但功利性阅读，却不能带给我半点儿愉悦。尽管也使我增长了一些从前所忽略的知识，但那只不过是一些死的知识，并非我自己希望获得的知识。故即使获得了，也少有获得的满足。相比而言，倒是在兴趣阅读或纯粹习惯性的闲读时，我偶然所获的某些知识，更能使我思考。而不太能促使我思考的知识，我一向认为那应是别人所需要的，非我所需。知识是因人而异才成为知识的。

在兴趣阅读和纯粹习惯性的闲读之间，现在我最惬意的是后一种阅读。因为以前挺感兴趣的一些书，现在竟不那么感兴趣了。比如推理性侦探小说、探险小说、科幻小说等。现在依然还感兴趣的，只不过是具有史海钩沉一类属性的书了。在这一类书中，我又尤其偏好中国近当代内容的。因为我这一代人的头脑之中，曾被硬塞入，所以也就印下了许许多多不真的事实。如今这每令我恼火。多读点儿史海钩沉属性的书，有利于匡正假史伪实。我可不愿头脑中存留着种种的假史伪实死掉。我希望我死之日，想要清楚、想要明白的某些世事原委，比较清楚，比较明白。我承认，即使我之兴趣阅读，也是多少体现功利心的。

纯粹习惯性的闲读，使我所获颇多。

闲读令我体会到，有时某书中的某几行字，确乎足以像钥匙一样，帮我们打开我们看待世事的另一扇门，使我们承认我们以前自以为清楚明白的了解，其实是很局限的。

第十种人和书的关系，某日下午，我在元大都城垣遗址公园里散步，见一位老先生坐在长椅上，戴副花镜，正微垂其首看着一本书。斯时四周清静，初夏温暖的阳光照在老先生身上，情形如画。想不到老人读着书的姿态也居然那么美。

我忍不住走过去，坐于其旁，于是我和老先生之间有了如下对话——

"大爷，这会儿公园里真清静啊。"

"是啊。我经常这时候来，图的就是清静。这会儿空气更好，阳光也好。"

"大爷在读什么书啊？"

"《曹雪芹新传》，红学家周汝昌的新书。"

"您也是……研究'红学'的？"

"哪里，我干了大半辈子理发的行当。从当学徒时就喜欢读书。现在退休十几年了，儿女都成家了，我没什么愁事儿了，更喜欢读闲书消磨时光了。"

"那您对《红楼梦》和曹雪芹的身世特别感兴趣？"

"哪谈得上什么兴趣不兴趣的啊！随手从家里带出了这么一本嘛。读书好啊。读书使人健康长寿。"

"唔？"

"你不太信吧？我以前血压高，现在正常了。以前动不动就爱犯急，现在早不那样了。你说怪不怪？连记忆力都强多了。"

"唔？"

"读书这一件事，是越老越觉得有益的事儿。"

离开公园，回到家里，我竟巴不得自己快点儿老了。那么，我就再也不必为什么功利目的而阅读了。人眼被功利阅读所强占的时间太多太久，它对另外的书是会麻木的，它对读书这一件事是会生出叛逆的。真的，就我的体会来说，闲适之时的随意而读，才是对书的一种享受式阅读。而书之存在的必要，有一点那也肯定是为了向人类提供别样的安静享受的。阅读其实也是我们享受安静的一种方式。一卷在手，何必非是名著？只要是有趣的书最起码是文字具有个性的书，当我们从容地读它的时候，时间对我们现代人之意识的侵略，就被读这一件事成功地抵御了。

然而，过分强调闲适的享受式的阅读，不但是矫情的，而且是奢侈的。普遍的当今之人不太可能拥有较多的闲读时光。普遍的中国人尤其会有这样的体会。但细究起来，我们当今中国人之某些不良的习惯，恐怕更是使我们远离书籍的一个原因。

我曾在机场候机大厅见到过这样的情形——五六名欧洲国家的中学生和五六名我们中国的中学生坐于对面两排。人家的孩子各持一书皆在读着，而我们的孩子各拿手机，皆在不停地发短信息。已坐在飞机里了，空姐已再三提醒关手机了，坐在我旁边的一个女孩，仍在偷偷地按手机键。我一问才知，我们的孩子和别国的孩子是同一个夏令营的。

我问："有意思吗？"

她说："没劲。"

我又问："怎么没劲？"

她说："你看他们，参加夏令营还带着书。如果是应届考生，带的都是什么考试辅导教材，还可以理解。可他们看的又都是闲书！"

我坐在过道边的座位上，见坐在邻排过道边座位上的一个外国男孩在读一本中文书，讨过来一看，是本《成语典故故事》。

我问："会说中国话吗？"

他说："会。不太好。"

又问："参加夏令营高兴吗？"

他说："高兴。很高兴。这一本我喜欢读的书，也快读完了。"我一将书还给他，他立刻又垂下目光读起来。一会儿，还发出了轻微的笑声。

坐在我邻座的女孩悄悄对我说："他们都挺怪的吧？西方的中小学教育，不是快乐式的教育吗？那他们怎么还被教育得这么怪？"

我问："怎么怪？"

她说："到夏令营干什么来了？得疯玩啊！想读书，还不如待在家里读！"

我说："候机大厅是没法玩儿的地方呀，在飞机上更没法玩什么呀。"

她说："那就看会不会玩儿了，我都给同学转发了二十几条段子了，还没加上短信！"

我就不由得陷入了沉思。

手机是外国人发明的。但是据说，在外国的中学里，有手机的孩子并不多。而某报有一则调查公布，在一座普通中国城市的一所普通中学里，几乎三分之一的学生有手机。转发形形色色的所谓"段子"或自己创作的段子发送出去，是有手机的孩子们的开心一刻。也许，一个中国女孩和一个外国男孩对书的不同感觉并不具有代表性，但他们各自的话却具有代表性。

这篇文字写到这儿我又联想到了另一件事——有次我到外省去，某房地产开发商非要请我去参观他所开发的楼盘，自诩他的开发"超前的人性化"。

我不得不去，见每一单元，无论两居或三居，都另外增加了一间 10 平方米左右的方方正正的小房间。

我问："这个房间既非客厅，也没法摆床，不是空间的浪费吗？"

"不浪费，不浪费。这是麻将屋。人性化就人性化在这一小间上！我预见，几年以后，麻将必成为我们中国人足不出户的第一休闲方式！超前也超前在这一点！"开发商得意扬扬。

"那，销得如何？"

"火！人性化的思路嘛，当然更受欢迎！中国就快形成老龄社会了，将来那么多老年人，不打麻将，那整天干什么呀？"

我一时不知说什么好。

我断言——在未来的世纪里，衡量一个国家的人们的生活状态是否更人性化，休闲方式将仍是一种指标。而在一概的休闲方式中，人和书的亲情关系将再度被重视、被提倡。

因为，目前还没有别物，能像书那么有利于人之安静独处。

因为，更文明了的人，必会更加明白——为自己保留充分的独处的时光是绝对必要的；而在那样的时光里，安静即人性享受。

享受阅读

你们都是喜欢上网的孩子吗？我知道，你们十之八九是那样的。

我绝不反对你们上网，连你们喜欢网上游戏这一点也不反对。为什么要反对呢？青少年时期，本就是爱游戏的呀。

但你们每天上网多久呢？一小时？两小时？抑或更长的时间？如果仅仅上网一小时，那么我相信，你们每个星期总归还会有几小时可以读读课外书。如果每天上网两小时以上，那么我斗胆建议你，节省出一小时来，读读书吧。

依我想来，无论对于青少年还是成年人，翻开一册书与启动电脑，注目于书页与盯视着电脑屏幕，手把书脊与手抚鼠标，是很不同的状态。据我所知，家里的电脑也罢，别处的电脑也罢，大抵是放在避开阳光的地方的。若阳光投在电脑屏幕上，字图就不清楚了是吗？

而读书之人，却是可以同时置身于阳光中的——既沐浴着阳光，又沉浸在美好文字的世界中，难道不是一种享受吗？

故我认为，读书还是以凭窗为佳。就算是背阳的窗口吧，就算是在窗扇关严的冬季吧，就算是外边正落着雪或下着雨吧——安安静静地看一会儿书，再抬眼望望窗外，望雪花无声地落在外窗台上，望雨丝如帘，使窗外景物迷蒙如梦，心灵体会着那些书中人物的思想、情怀……这样的时刻，怎不是享受的时刻呢！何况此时的你，也许舒适地坐着，竟也许半坐半卧，难道不是惬意之意吗？

青少年朋友们，你们当然知道的——人的大脑分为几个区域，每个区域之间有千丝万缕的联系。那么，你们当然也应该知道——读书和上网，虽然都主要是由视觉神经作用于脑区，发生脑活动，但二者之间，还是有些区别的。也就是说，上网时发生的脑活动，不完全等同于读书时发生的脑活动。进言之，读书时所发生的一系列脑活动，是只有通过读书这一件事才能进行的。如果一个人长期不读书，他的某一部分脑区，便不进行相应的活动。久而久之，该部分脑区的反射本能就迟钝了。从前说一个人有"书卷气质"，那气质便是一种脑状态所呈现于颜面的，是内在精神质量的体现。只上网不读书，人断不能有所谓"书卷气质"。

你们不是都很爱美吗？书卷气质便是一种气质美。这一种美已经被全人类认可了几千年了。并且，至今也没被否定，没被颠覆。如果你们不信，不妨调查了解一番，问问周边朋友。我估计，十之八九的人，还是很乐于听到别人说自己有书卷气质的。

那么，读书吧。但愿你们渐渐成为不仅喜欢上网，也喜欢读书的人。但愿在你们中年的时候，别人谈论起你们，将会说：

"噢，那是一个喜欢读书的人。"

"啊，那个人的书卷气质给我留下特别的印象。"

我并非在以虚荣游说于你们，和虚荣没有关系。我想表达的意思其实是——当人们那么评说你们的时候，也是在赞美书籍啊！也是在向读书这一人类古老而又优雅的爱好致敬啊！

图书在版编目（CIP）数据

享受阅读 / 梁晓声著. —— 深圳：深圳出版社，
2025.1. —— （梁晓声品阅人生三部曲）. —— ISBN 978-7-
5507-4138-6

Ⅰ. I267

中国国家版本馆 CIP 数据核字第 2024XY9365 号

享受阅读
XIANGSHOU YUEDU

出 品 人	聂雄前
策 划 统 筹	张绪华
责 任 编 辑	曾韬荔
责 任 技 编	梁立新
责 任 校 对	万妮霞
装 帧 设 计	Lizi

出 版 发 行	深圳出版社
地 址	深圳市彩田南路海天综合大厦（518033）
网 址	www.htph.com.cn
订 购 电 话	0755-83460239（邮购、团购）
排 版 制 作	深圳煦元文化创意有限公司
印 刷	深圳市华信图文印务有限公司
开 本	787mm×1092mm 1/32
印 张	8.75
字 数	200 千
版 次	2025 年 1 月第 1 版
印 次	2025 年 1 月第 1 次
定 价	48.00 元